리어왕

한국셰익스피어학회 작품총서 024

리어왕
King Lear

윌리엄 셰익스피어 지음
김한 옮김

도서출판 ▌동인

발간사

　지금까지 셰익스피어 작품에 대한 번역은 끊임없이 다양한 동기에 의해 진행되어 왔다. 초창기 셰익스피어 작품 번역은 일본어 번역을 우리말로 옮기는 작업이었다. 일본이 서구에 대한 수용을 활발한 번역을 통해서 시도하였기 때문에 일본어를 공부한 한국 학자들이 번역을 하는데 용이했던 까닭이었다. 하지만 이 경우는 문학적인 차원에서 서구 문학의 상징적 존재인 셰익스피어를 문학적으로 소개하는 것이 목적이어서 문어체를 바탕으로 문장의 내포된 의미를 부연하게 되어 매우 복잡하고 부자연스러운 번역이 주조를 이루었던 것이 문제가 되었다.

　그 다음 세대로서 영어에 능숙한 학자들이나 번역가들이 셰익스피어 번역에 참여하게 되었다. 셰익스피어 작품에 대한 수많은 주(note)를 참조하여 문학적 이해와 해석을 곁들인 번역은 작품의 깊이를 파악하는 데 많은 도움이 되었다고 볼 수 있다. 하지만 셰익스피어 작품을 무대에 올리는 배우들에게는 또 다른 문제가 생길 수밖에 없었다. 문학적 해석을 번역에 수용하는 문장은 구어체적인 생동감을 느낄 수 없었고, 호흡이 너무 길어 배우가 대사로 처리하기에 부적합하였다.

이런 문제점을 해결하기 위해서 번역가마다 각자 특별한 효과를 내도록 원서에서 느낄 수 있는 운율적 실험을 실시하기도 하였다. 그런 시도는 셰익스피어 번역에 새로운 분위기를 자아내었을 뿐 아니라 다양한 번역이 이루어져 나름의 의미가 있었다고 본다. 반면에 우리말을 영어식의 운율에 맞추는 식의 인위적 효과를 위해서 실험하는 것은 배우들이 대사 처리하기에 또 다른 부자연성을 느끼게 하였다.

한국에서 셰익스피어를 연구하는 학자들이 모이는 한국 셰익스피어학회에서 셰익스피어 탄생 450주년을 기념하여 셰익스피어 전작에 대한 새로운 번역을 시도하기로 하였다. 우선 이번 번역은 셰익스피어 원서를 수준 높게 이해하는 학자들이 배우들의 무대 언어에 알맞은 번역을 한다는 점에서 차별성을 두고자 한다. 또한, 신세대 학자들이 대거 참여하여 우리말을 현대적 감각에 맞게 구사하여 번역하자는 원칙을 정하였다.

시대가 바뀔 때마다 독자들의 언어가 달라지고 이에 부응하는 번역이 나와야 한다고 본다. 무대 위의 배우들과 현대 독자들의 언어 감각에 맞는 번역이란 두 마리 토끼를 잡는 것은 그리 쉬운 일은 아니지만 매우 의미 있는 일일 것이다. 이번 한국 셰익스피어학회가 공인하는 셰익스피어 전작 번역이 성공적으로 이루어지도록 뒷받침하는 도서출판 동인의 이성모 사장에게 심심한 감사의 뜻을 전하며 인문학의 부재의 시대에 새로운 인문학의 부활을 이루어내는 계기가 되리라 믿는다.

2014년 3월
한국 셰익스피어학회 회장 박정근

옮
긴
이
의

글

　고다드(Harold C. Goddard)는 이 극을 셰익스피어의 절정이라고 단언하면
서 인생 자체만큼이나 많은 각도에서 이를 보여준다고 그의 책(*The Meaning of
Shakespeare*)에서 말하고 있다. 살아갈수록 고다드의 말에 동의하게 되었다. 나
는 셰익스피어가 창조한 『리어왕』의 극세계를 통해 인간사회를 포함한 전 우주
를 발견한다. 이 우주는 실로 자연만큼이나 정직하게 제시되고 있다. 그리하여
이 비극이 안겨주는 거리낌은 인생 자체만큼이나 영원한 미결의 스캔들로 남아
있다. 햄릿의 입을 통해 연극의 기능이 자연을 비추는 거울이라 했던 셰익스피어
는, 특히 이 비극을 통해 제시하는 그의 거울이 보여주는 전율할 정도의 정직성
으로 꼼짝없이 무릎을 꿇게 한다. 『리어왕』에 압도된 이후 나는 가감 없이 인생
을 비춰주는 셰익스피어의 성실성과 정직성을 무한히 사랑하게 되었다.

　김재남 교수님에 이어 동국대에서 33년 반을 가르치는 동안 셰익스피어 수
업에서 다루었던 여러 극 중 『리어왕』은 가장 마지막 선택으로 남았다. 6월 첫
째 주가 되면 수강생 전원은 그간 읽었던 이 극의 등장인물이 되어 소강당 무대
에 이 극을 올렸다. 그들은 여러 에피소드도 남겼다. 폭풍우를 맨머리로 맞는 왕

과 그 신하의 느낌을 실감하기 위해, 비가 억수로 쏟아지는 운동장으로 맨몸으로 달려 나간 켄트(역), 그의 뒤를 따라 나갔던 리어(역), 광대(역) . . . 우산 없이 맨머리로 넓은 운동장 한가운데서 세찬 비를 맞으며 대사를 외치던 이들은 황야 속의 켄트와 리어와 광대가 되어갔다.

관객들은, 인간이 어느 정도까지 야수적으로 악할 수 있는지를 실제로 체험하도록 인도하려는 의도 아래, 콘월(역)이 글로스터(역)의 얼굴에서 뽑아내어 던지는 눈동자 세례를 맞는 섬뜩한 체험도 해야 했다. 뭉클하며 떨어지는 '뽑힌 눈동자의 허연 수정체'는 껍질을 벗긴 허연 리치(열대과일)였다. 인간과 짐승 구별의 무산을 보여주는 반인 반수의 괴물 쎈타(Centaur)로 화한 리건의 모습은, 허리 위의 모습은 아름답게 분장한 여성의 얼굴이나, 드러난 다리는 털로 뒤덮여 야수성을 부각해 주는 남학생을 통해 강조되기도 했다. 에드거 역의 얼굴은 그때그때 그들이 사랑하는 인물로 설정되었다. 누추한 움막으로 표현된 바닥에 세워진 살이 꺾인 채 찢어지고 구멍 난 남루한 검은 우산 뒤에서 몸을 숨기고 웅크리고 있던 에드거가 무대 중앙으로 걸어 나오고, 더욱 밝아진 조명 아래서 에드먼드와 결투 끝에 그를 보기 좋게 때려눕히고 승리를 거두는 용감한 저 얼굴은, 때로는 박찬호의 얼굴을, 때로는 홍명보의 얼굴을, 때로는 박진영의 얼굴을 보여주기도 했다.

1막 1장의 왕국 분할은 우리나라의 삼국시대로 놓이기도 하면서 버건디 공작은 평양 감사로, 바다 건너 프랑스 왕은 제주 감사로 표현되고, 거너릴은 고자질 공주로, 리건은 이간 공주로, 코딜리어는 고대로 공주로 개명되어 세 딸의 성격을 차별 짓기도 했다. 리어가 입은 부댓자루 같은 티셔츠 등판에는 "바보 Lear"라고 똑똑하게 쓰여―본인은 볼 수 없는 채―그가 전제군주의 모습으로 호령할 적마다, 리어의 등 뒤에선 모든 인간이 웃음을 자아내기도 했다.

이들과 더불어 몇 가지를 발견했다. 셰익스피어가 이 극세계를 통하여 제시하는 궁극적으로 인간이 행할 수 있는 최선의 행위는, 내가 알게 모르게 지은 죄로 인해 괴로움을 겪는 나의 이웃의 고통에 눈이 열리고 그들을 향한 연민과 따스한 위로의 베풂이라는 것을. 또한, 켄트의 대사가 보여주는 "불행을 겪은 자만이 인생의 기적을 체험할 수 있다."라는 생의 역설적 진리를 입증하면서 리어는 완전히 아무것도 아닌 무(nothing)로 추락했던 바로 그 불행의 자리에서 기적을 체험한다는 사실을. 리어가 어리석은 자신으로 인해 추위와 배고픔과 폭풍 속에서 시달리며 떨고 있는 곁의 광대를 향하여 "너 춥지? 나도 춥구나. . . . 내 마음 한구석에 네가 안 됐다는 생각이 드는구나."라고 말할 때 리어의 이 말은 실로 그가 팔십 평생 처음으로 할 수 있었던 기적이었음을. 왕인 리어가 철저히 박살난 바로 그 자리는 생에서 실로 소중한 것을 향할 수 있는, 그리하여 온전한 인간 리어의 진정한 모습을 회복할 수 있는 구원의 가능성으로의 통로가 열리는 자리였다는 사실을.

이 위대한 작품이 어느 때 어떤 공간에서도 손쉽게 우리말로 올려질 수 있기를 바라며, 그리하여 이 극에 담긴 인생에 대한 셰익스피어의 비극적인 비전을 몸으로 체험하며 전달하는 데 다소라도 기여하게 되기를 희망하며 영원히 불완전할 부족한 번역을 내놓는다. 워낙 길고 방대한 이 작품의 이해를 위해 필요하다고 판단되는 주석을 제시하다 보니 그 숫자가 본 번역 시리즈의 통상적인 숫자보다 훨씬 웃돌게 되었음을 변명하며 양해를 구한다. 또한, 본 텍스트와 주석의 선정, 발췌와 작성 과정에서 축약 생략되지 않은 『리어왕』 텍스트 전체를 수록하며 아든 판을 위시하여 여러 주요 주석을 망라하고 있는 고 윤정은 교수의 평생의 역작 『리어왕을 중심으로 본 셰익스피어 비평의 역사와 유형』(예림기획)과 더불어, Jonathan Bate와 Eric Rasmussen이 펴낸 The RSC Shakespeare 전집인 *William Shakespeare: Complete Works* (Macmillan, 2007)를 참조하고 힘입었음을 밝힌다.

2016년 3월

김한

| 차례 |

등장인물

장소: 브리튼

리어	브리튼의 왕
프랑스 왕	
버건디 공작	
콘월 공작	리건의 남편
올버니 공작	거너릴의 남편
켄트 백작	
글로스터 백작	
에드거	글로스터 백작의 아들
에드먼드	글로스터 백작의 서자 아들
큐런	궁정인
오스왈드	거너릴의 집사
노인	글로스터 백작의 소작인
의사	
광대	
장교	에드먼드의 고용인
신사	코딜리어의 수행원
전령	
콘월의 하인들	
거너릴	리어의 맏딸
리건	리어의 둘째 딸
코딜리어	리어의 막내딸
리어의 수행 기사들, 사신들, 군인들, 시종들	

1막

1장

리어왕의 왕궁. 집무실

켄트, 글로스터, 에드먼드 등장

켄트 국왕께서는 콘월 공작보다는 올버니 공작을
더[1] 총애하시는 것 같더군요.

글로스터 우리에겐 늘 그렇게 보이셨습니다만. 그러나 막상 영토를
분할[2]하려는 지금에 와보니, 어느 쪽을 더 평가하시는지 분간이
어렵군요.[3]

5 저들의 몫이 너무나 똑같이 분배되다 보니 아무리 세밀히 따져 봐도
우열을 가리기가 힘든 것 같습니다.

켄트 이분은 경의 아드님이신가요?

글로스터 그 아이의 양육은 제 몫이었습니다만.
제 자식이라고 인정할 때마다 얼굴이 벌게지곤 하던 일도 하도 자주
겪다 보니

10 이젠 철판 깔게 됐습니다그려.

---

1. 이 극에서 "더"(more)는 총 80번이 나오고, "그렇게"(so)는 총 130번 나온다.
2. division(분할, 분열)은 이 극의 키워드의 하나이다.
3. 3행에서 "그러나"(but), 4행에서 "분간이 어렵군요"(appears not) 등의 표현이 보여주듯
판단하기가 명백하지 않은 이 세계는 if-but-yet world로서 불확실한 대안(uncertain
alternatives)들이 줄기차게 압박해 오는 세계이다.

켄트   도무지 무슨 뜻인지 통하지가 않는데요.

글로스터   허나 저 아이 어미는 뜻이 썩 잘 통했다오.

그러다 보니 배가 불러 올랐고, 침대에 정식 남편을 맞아들이기

전에, 요람에 아들 녀석 하나를 떡 하니 눕혀놓게 되었습죠. 자

이제 감이 오시지요―어떤 사고를 쳤는지?   15

켄트   사고 친 결과가 이렇게 준수하다면,[4]

저라면 결코 그 사고를 물리고 싶지 않겠습니다.

글로스터   그런데 저에겐 이 녀석보다 한 살 위인 적출 아들놈이 하나

있답니다―딱히 그 아이가 이놈보다 더 귀여운 건 아닙니다만. 비록

이 녀석은 불청객으로 건방지게 이 세상에 튀어나온 놈이긴 하나,   20

얘 어미는 예뻤다오. 게다가 이 녀석 만들 때 재미깨나 봤으니,

후레자식이지만 인정해줘야겠지요.

에드먼드야, 너 이 귀족 어르신이 뉘신 줄 아느냐?

에드먼드   처음 뵙습니다.   25

글로스터   켄트 경이시다.

내가 존경하는 친구분이시니 그리 알고 앞으로 잘 모셔라.

에드먼드   잘 모시겠습니다.

켄트   자네랑 더 잘 알고 지내도록 내 힘쓰겠네.

에드먼드   그에 합당하도록[5] 노력하겠습니다.   30

---

4. proper(준수한)는 handsome(잘생긴)으로 쓰이고 있다(Kenneth Muir, ed. *King Lear*
   (The Arden Shakespeare). Cambridge: Harvard UP, 1959 참조). 에드먼드의 잘생긴
   얼굴과 잘 빠진 몸은 그를 육체적으로 탐하는 거너릴과 리건의 맹렬한 싸움의 원인이
   된다.

5. study deserving: try to be worth (the effort you make). 어르신이 기울여주시는 노력을

글로스터 이 아이는 9년을 바깥에 있었는데,

다시 나가게 될 거라네.[6] 왕이 행차하십니다.

트럼펫 소리. 리어, 콘월, 올버니, 거너릴, 리건, 코딜리어, 시종들 등장

리어 글로스터, 프랑스 왕과 버건디 공작을 모시고 오게.

글로스터 분부대로 하겠습니다. 폐하.　　　　　　　[글로스터와 에드먼드 퇴장]

35　**리어** 그사이에 짐이 이제껏 은밀히 마음에 품고 있던 계획을 말하겠다.

그 지도를 이리 다오. 이미 짐이 왕국을 셋으로 나누어 놓은 것이

보이지?

짐의 확고한 결심은,

모든 정치적 근심과 국사를 이 늙은 어깨로부터 털어내어

더 팔팔하고 기운 있는 젊은이들에게 이양하고자 하는 것이다.

40　　　그러고는 짐은 홀가분한 몸으로 죽음을 맞이하고자 한다.[7] 우리 사위

콘월 공작, 그리고 못지않게 총애하는 사위 올버니 경,

받을 만한 가치가 있도록.

6. 케네스 뮤어(Kenneth Muir)는 이 말이 향후 글로스터의 어두운 운명을 못 박는(seal) 말
  이 된다고 본다. 글로스터에게 이 서자는 존재 자체가 수치스러웠다. 일찍이 그를 9년
  전에 외국에 내보냈다가, 9년 만에 돌아온 그를 또다시 외국에 내보내려고 한다. 어머
  니의 존재조차 어두운 비밀에 싸인 채 그는 이러한 아버지의 태도로 소싯적부터 고향에
  서도 소외된 채 홀로 외국에서 떠돌이 생활을 영위해 왔다. 이 사실은 무엇이든 닥치는
  대로 손에 들어오는 모든 기회를 자신이 출세할 수 있는 도구로 이용하고자 하는 에드
  먼드의 성품을 이해하는 데 도움을 준다.

7. crawl toward death(죽음을 향해 기어가고자 한다)에서 crawl은 동물에 쓰이는 동사임
  이 특징적이다.

이제 딸들 각자의 지참금을 공표하여 향후 앞으로의 분쟁을

지금 막고자 하는 것이 짐의 확고한 의지요.

프랑스 왕과 버건디 공작,

당신들은 우리 막내딸의 사랑에 대한 경쟁자로서 그 아이의   45

　사랑을 구하려고

벌써 한참 동안 이 궁전에 머물러 왔소.

이제 대답을 듣게 될 것이오. 자, 말해보아라. 내 딸들아—

짐이 통치와, 영토의 관리와,

국사의 근심들을 벗어버리고자 하는 이제,

너희 중에 누가 이 애비를 가장 사랑한다고 말할 수 있겠느냐?[8]   50

짐은 영토의 가장 크고

풍성한 몫을 짐에게 가장 큰 효성을 보이는 쪽에 줄 참이다.

거너릴, 큰딸인 너부터 말해 보거라.

거너릴 폐하, 저는 말로써 표현할 수 있는 이상으로

폐하를 사랑합니다. 시각과, 공간과, 자유보다 더욱,   55

우아함과 건강과 아름다움과 영예를 갖춘 삶을 위시하여

가치 있고, 부유하고 희귀한 어떤 것보다 더욱 폐하를 사랑합니다.

자식으로서 여태껏 사랑했던, 아버지로서 발견했던

　어떤 사랑 못지않게 사랑합니다.

저의 사랑은 말을 빈약하게 만들고 웅변을 막히게 만드는

---

8. 세 딸을 대상으로 '공개입찰'을 벌일 것을 선포하는 리어의 "love auction"(사랑의 경매)
은 이 극에서의 첫 공개 재판이기도 하다. 재판은 셰익스피어 극에서 주요한 모티브가
된다. 이 공개입찰에 참가하도록 강요되고 있는 상황에 코딜리어는 화가 나 있다.

60   모든 양식을 초월한 사랑입니다.

코딜리어 [방백] *코딜리어는 뭐라고 말한담? 사랑하는 거야,*
        그리고 침묵하는 거야.

리어   이 경계선에서 여기까지 이르는,
        이 영토 안에 포함된 모든 것들, 무수한 강과 드넓은 목장들은

65   영원히 너와 올버니, 그리고 너희 후손들이 그 주인이 될 것이다.
        우리 둘째 딸, 콘월의 부인 사랑하는 리건아,
        너는 무슨 말을 할 수 있겠느냐? 말해보아라.

리건   저는 언니와 같은 재료로 만들어졌으니
        언니와 꼭 같이 제 가치를 평가해 주십시오. 진정 말씀드리건대,

70   언니가 하는 말은 바로 제 사랑의 행위를 그대로 지칭하고 있습니다.
        그저 언니가 순서상 조금 빨리 앞선 것뿐입니다.
        저는 폐하를 사랑하는 것에서만 오직 기쁨을 느낄 뿐,
        어떤 고귀한 감각이 누리는 낙일지라도 모든 다른 기쁨은
        적으로 여기고 있음을 천명합니다.

75 **코딜리어** [방백] *그렇다면, 가련한 코딜리어로구나!*
        그러나 결코 가련한 것 같진 않아. 내 사랑은
        내 혀보다 더 풍부하다고 확신하니까.

리어   짐의 아름다운 왕국의 이 광대한 1/3이
        너와 너의 후손들에게 영원히 돌아갈 것이다.

80   공간에 있어서나, 가치와, 주는 기쁨에 있어서
        거너릴에게 하사한 것 못지않은 것이다. 자, 짐의 기쁨,
        비록 가장 어리지만 결코 사랑에 있어서 언니들에게 못지않은

우리 막내,

젊은 너에 대한 사랑을 놓고, 포도원이 풍부한 프랑스의 왕과

젖소들의 초원이 풍부한 버건디의 공작이 가까이 가려고 겨루고 있지.

그래 넌 네 언니들보다 더 비옥한 영토의 1/3을 따내기 위해서

무슨 말을 할 수 있느냐? 말해보아라.   85

코딜리어 할 말이 없습니다,[9] 폐하.

리어 할 말이 없다고?

코딜리어 할 말이 없습니다.

리어 할 말이 없으면 국물도 없다.[10] 다시 말해 보아라.

코딜리어 제 가슴을 입에 담아내는 능력이 없는 것이 불행하군요.   90

저는 제 도리껏 폐하를 사랑할 뿐,

그 이상도 그 이하도 아닙니다.

리어 이런, 이런, 코딜리어야! 너 말 좀 고쳐야겠다.

네 재산이 축나지 않으려면 말이다.

코딜리어 폐하,

폐하께서는 저를 낳아주시고 길러주시고 사랑해 주셨습니다.   95

---

9. 코딜리어는 자신의 사랑의 크기를 공개적으로 표현하도록 강요받자 정작 표현이 막혀
   버린다. 코딜리어가 던진 "Nothing"이라는 하나의 단어는 전 왕국을 흔들어 놓을 만한
   것이었다. Nothing은 이 극의 핵심적인 키워드로서 극 전체를 통해 메아리치고 있다
   (Kenneth Muir).

10. Nothing will come of nothing. 오랜 라틴 격언 '아무것도 아닌 것으로부터 나올 것은
    아무것도 없다'(Out of nothing, nothing is bred)를 연상시킨다. nothing에서 나올 것
    은 과연 nothing밖에 없는 것인가? 나중에 광대의 입에서 나온 이 물음 앞에 리어도
    관객도 세워진다.

저는 거기에 합당한 만큼의 의무를 돌려드릴 뿐입니다.

폐하께 순종하고, 사랑하고, 폐하의 영예를 가장 존중할 뿐입니다.

언니들이 폐하만을 전적으로 사랑한다고 말한다면,

어째서 남편을 얻었을까요? 장차 제가 결혼하게 된다면

100　　　제 손을 잡고 저의 결혼의 맹세를 받아들일 남편이

저의 사랑과 돌봄과 의무의 절반을 가져가게 될 것입니다.[11]

분명한 것은 저는 결코 언니들처럼

아버지만을 전적으로 사랑하기 위해서 결혼하지는 않을 것입니다.

리어　이 말이 진심이냐?

코딜리어　네, 그렇습니다. 폐하.

105　**리어**　이리도 어린것이, 이리도 매정할 수가!

코딜리어　젊은 만큼, 진실합니다. 폐하.

리어　그렇다면 그리하라. 네 진실을 네 지참금으로 삼아라.

성스러운 태양 빛에 걸고

---

11. ". . . when I shall wed, / That lord whose hand must take my plight shall carry / Half my love with him. half my care and duty:"(99-101). 과연 사랑이 이렇게 깨끗하게 반분될 수 있는가? 사랑은 이 극의 중심적인 가치이고 이 극에서 켄트와 코딜리어는 사랑을 대변하는 대표적인 인물로 손꼽힌다. 사랑과 이성을 함께 내세우는―결코 쉽지 않은―일에 있어서 여기에서 코딜리어는 서투르게 보인다. 그녀의 말은 신빙성을 주기보다는 더 합리적으로 다가올 뿐이다. 4막 7장에서 코딜리어는 이와 다른 변화된 모습을 보인다. 여기에서 그녀가 부녀관계의 유대를 위해 제안하던 반분은 무의미해지고 이제 그녀는 아버지와 남편 모두를 온전한 마음으로 사랑할 수 있음을 보여준다: ". . . 너는 나를 사랑하지 않을 이유가 있어" / "아무 이유 없습니다. 없습니다"(No cause, no cause. 73-74). 그녀의 사랑은 리어의 증오심이 그러하듯 전적으로 사실을 능가하고 있다.

헤카테와 밤의 신비에 걸고,

우리가 존재하고 존재하기를 멈추는 110

모든 천체들의 운행에 걸고,

이제 나는 부모로서 돌보는 모든 의무와

친족으로서의 혈연을 파기할 것을 선언하는 바이다.

너는 지금 이후로는 영원히 나와 내 가슴에

남으로 여겨질 것이다. 저 가장 야만적인 씨씨안족이나 115

자신의 동족을 식욕을 채워줄 음식으로 삼는 식인종이

내 가슴에 한때 나의 딸이었던 너 못지않게

친근한 이웃이요, 연민의 대상이요, 구제의 대상이 될 것이다.[12]

켄트 부디 폐하—

리어 닥쳐라, 켄트! 120

용과 그의 분노 사이에 끼어들지 말라.

난 그 아일 가장 사랑했다. 그래서 나의 여생을

그 아이의 친절한 보살핌에 기대어 지낼까 생각했다. 썩 꺼져라.

내 눈앞에서 사라져! 내가 저 아이로부터 아비의 애정을 끊는 이제

나의 무덤이 내 안식처가 되겠구나! 프랑스 왕을 불러와라. 125

---

12. 리어의 이같은 분노를 불러일으킨 거절당했다는 의식(sense of rejection)은 근거가 없
지 않다. 비록 코딜리어는 마음의 말을 하나 그녀가 말을 하는 장소는 모든 뉘앙스가
공적인 의미가 부과될 수 있는 국가의식(state ceremony)이 거행되고 있는 곳이다. 이
극은 그녀의 정직성, 아버지에 대한 성실과 선과 진실성을 시인한다. 그리고 이 극이
취하는 방정식은 그녀의 착함에 가치를 둔다. 그러나 그녀가 해를 끼칠 수 있는 가능
성은 그녀가 선을 행할 수 있는 가능성과 맞먹는 동등한 무게를 띠고 대응해 있음을
발견하는 우리는 실제로 선의 실천이 결코 쉽지 않음을 숙고하게 된다.

아무도 움직이지 않는가? 버건디 공작을 불러와라.

콘월과 올버니, 자네들은 내가 준 재산 외에,

셋째에게 주려던 영토의 1/3 재산도 나누어 갖도록 하라.

이 아이는 정직이라고 부르는 오만심을 지참금 삼아 결혼하라고 하지.

짐은 너희에게 나의 권력과 함께

130   최고의 주권과, 왕에게 따르는 모든 찬란한 권세의 표식들을

양도하는 바이다. 짐은 매달 주기적으로

100명의 기사들을 보유하고서,

너희 두 집에 교대로 너희들의 부양을 받으며

너희와 함께 기거하게 될 것이다. 단지 짐은

135   왕이라는 이름과 칭호들만 보유할 것이고,

그 외에 왕위에 속하는 모든 통솔권과, 재산, 집행권은

친애하는 사위들이여 그대의 것이 될 것이다. 이를

　확실히 하기 위하여

이 왕관을 너희 둘에게 공동으로 하사하는 바이다.

[왕관을 건네주며]

켄트　리어왕이시여, 이제까지 왕으로서 언제나 존경하고

140   아버지처럼 사랑했고, 주인으로서 누구 못지않게 공경하고 따르며

저의 기도 속의 제 위대한 수호자로서 섬겨왔던−

리어　활은 당겨졌다. 화살에 맞지 않게 해라.

켄트　차라리 쏘십시오, 그 화살촉에

제 심장이 뚫리더라도 좋으니. 리어께서 제정신이 아니실 땐,

145   켄트는 무례할 수밖에 없습니다. 노인이시여, 무엇을 하시려는

것입니까?[13]

권력이 아부에 수그릴 때 충신이 입을 열기를 두려워할 것이라고

　생각하십니까?

왕께서 어리석음으로 전락할 때는

정직한 진언을 하는 것이 신하의 진정한 영예일 것입니다.

　왕국을 되찾으십시오.

그리고 가장 깊이 숙고하시어, 이 끔찍하도록 성급한 처사를

　거두어 주십시오.

제 판단에 제 목을 걸고 맹세컨대　　　　　　　　　　　　　　150

막내 공주님이 결코 폐하를 가장 적게 사랑하는 것이 아닙니다.

소리가 낮고 조용하다고 해서

결코 마음이 빈 것도 공허한 것도 아닙니다.

리어　살고 싶으면 그만 닥쳐라, 켄트.

켄트　저의 목숨은 폐하의 적들을 대항하여 내거는

담보물로밖에 여기지 않습니다. 그것을 잃는 것 또한 결코

두렵지가 않습니다.

폐하의 안전을 위해서라면.　　　　　　　　　　　　　　　　155

리어　내 눈앞에서 꺼져라!

---

13. 리어를 old man이라고 부르는 것은, 자신의 왕국을 통째로 거너릴과 리건에게 쥐버리
　는 리어의 현명하지 못한 행위에 대한 명백한 반항이다. 자신의 왕권을 스스로 박탈함
　으로써 리어는 단지 한낱 노인(old man)으로 남게 될 뿐이다. 성난 켄트가 거침없이
　던지는 말은 앞으로 리어가 도달하게 될 광증을 예언자처럼 예고한다. 148행("When
　majesy falls to folly")에서 켄트는 또한 관객인 우리로 하여금 앞으로 리어가 불행에
　처하여 바보(Fool)와 같은 신세가 될 것을 예상하도록 한다.

켄트 리어왕이시어, 더 잘 보십시오. 저는 언제나
폐하 눈의 동공이 되겠나이다.[14]

리어 자, 아폴로 신에 걸고 맹세컨대ㅡ

켄트 자, 아폴로 신에 걸고 맹세컨대,
왕께서는 신의 이름으로 헛된 맹세를 하고 계십니다.

160 **리어** 오, 이 불충한 불한당 놈! [손을 검에 갖다 댄다.]

올버니, 콘월 폐하, 진정하십시오.

켄트 찌르십시오.
의사를 죽이고, 더러운 병을 위해
돈을 쓰십시오. 하사하신 것을 물리십시오.
그렇잖음 제 목청에서 소리를 낼 수 있는 한
165 폐하께서 잘못하고 계신다고 고할 것입니다.

리어 내 말을 들어라, 이 반역자야!
네 충성심에 걸고 내 말 잘 들어!
네놈은 짐으로 하여금 짐의 맹세를 깨뜨리도록 도모했다ㅡ
그것은 여태껏 감히 있을 수 없던 일이다. ㅡ게다가 부풀어 오른
자만심으로
170 짐의 선고와 짐의 권력 사이에 끼어들려고 했다.
그것은 짐의 성격이나 짐의 지위로도 도저히 참을 수 없는 일. ㅡ
짐의 권위가 유력하다는 표시로서, 너는 대가를 받아야겠다.
세상의 불편에 대비할

---

14. See better . . . The true blank of thine eye. 여기에서 사물을 보는 눈의 sight(시력)는
사물 배후를 꿰뚫어 볼 줄 아는 insight(투시력, 통찰력)와 연결된다.

닷새의 준비 기간을 줄 터이니,

여섯째 날에 너의 가증스러운 등을 짐의 왕국에서 돌리고   175

떠나도록 하라. 만일 열 번째 날에

추방된 네 몸뚱이가 짐의 영토에서 발견되면

그 순간 즉시 너는 사형이다. 꺼져라! 주피터 신께 걸고 맹세컨대,

이 선고는 결코 되돌릴 수 없을 것이다.

켄트 왕이시여, 안녕히 계십시오. 폐하는 앞으로 보게 되실 것입니다,   180

이곳에서부터 자유가 떠나가고, 이곳에는 다만 추방만이 깃들게 될

    것을.[15]

[코딜리어에게] 제신들이 그들의 귀한 피난처에 공주님을 품어주시길!

공주님은 올바르게 생각하시고 가장 바르게 말씀하셨습니다.

[리건과 거너릴에게] 거창하신 말씀들이 실행으로 입증되고

효심에 관한 말로부터 좋은 행동이 나오기를 빕니다.   185

여러분 모두에게 켄트는 이렇게 작별 인사를 드립니다.

켄트는 이제 새로운 나라에서 예전의 방식대로 살아가겠습니다. [퇴장]

나팔 소리. 글로스터가 프랑스 왕과 버건디 공작을 대동하고
다른 시종들과 함께 등장

글로스터 폐하, 프랑스 왕과 버건디 공작을 모셔 왔습니다.

리어 버건디 공작,

먼저 공작에게 묻겠소. 공작은 그간   190

---

15. Freedom lives hence, and banishment is here: 이 나라엔 자유가 없음을 지칭한다. 이
    극이 표방하는 역설적인 진리(paradoxical truth)의 한 예이다.

짐의 딸을 놓고 이 프랑스 왕과 경쟁을 벌여 오셨지요. 공작께서는

저 아이의 당장의 지참금으로 최소한 어떤 것을 요구하시겠소?

혹은 구혼을 그만두시겠소?

버건디 존경하는 폐하,

저는 폐하께서 이미 제안하신 것 이상을 청하지도 않을 것이며

폐하 또한 그 이하를 주시지는 않으리라 생각합니다.

195 **리어** 고귀하신 버건디 공작,

그 아이가 짐에게 귀여웠을 땐 그렇게 생각했습니다만,

이제 그 아이 주가가 바닥에 떨어졌습니다. 공작, 저기 저 아이가

서 있소.

저 조그마한 위선 덩어리 속의 어떤 구석이, 혹은 짐의 노여움이

더 보태진 저 아이 전부가, 대강 공작의 맘에 들걸랑

200 저 아이, 가져가시오. 공작 것이니.

버건디 뭐라고 대답을 드려야 할지 모르겠습니다.

리어 저 아이는 결점투성이에다,

친구도 없고, 막 짐의 미움까지 샀소.

오로지 짐의 노여움이 꽂힌 저 아이는

205 다만 짐의 저주만이 지참금이오,

짐이 부녀관계를 절연하기를 맹세한 이 마당에

그래도 맞아 주겠소, 아님 포기하겠소?

버건디 죄송하지만 전하,

그런 조건으로는 선택할 수가 없겠습니다.

210 **리어** 그럼 그 아이를 내버려 두시오.

나를 만들어준 신에 걸고 맹세컨대 그 아이 재산은 그것이
전부니까요. -

위대한 왕이시여, 왕께서는   [프랑스 왕에게]
내가 증오하는 인간과 혼인하는 그런 일탈은 하지 않았으면 하오.
그러니 부디 청컨대 당신의 사랑을
아비조차 자식이라고 인정하기가 부끄러운 그런 계집애보다는   215
보다 더 가치 있는 대상으로 방향을 바꾸시기를 바라오.

프랑스 왕 참으로 이상하군요.
조금 전까지만 해도 그녀는 폐하의 눈동자와 같았고
칭찬의 주제였고, 노년의 위안이었고
최상이요, 가장 아끼는 딸이었거늘, 눈 깜빡할 사이에   220
겹겹의 막중한 호의를 모조리 벗겨버릴 만큼
그리도 끔찍한 짓을 저지르다니. 확실히 그녀의 죄는
괴물이 되게 할 만큼 인류에서 어긋난[16] 엄청난 것임이 틀림없나
봅니다.

---

16. unnatural: 셰익스피어가 사용한 'unnatural'(인류에서 벗어난)이라는 단어는 전체의
1/5이 리어의 대사에 등장한다. 'Nature'라는 단어는 셰익스피어의 어느 다른 극에서
보다도 빈번하게 등장하고 이 극에서 40번 나온다. 이 극에서 Nature는 다음과 같이
기본적으로 다른 두 의미로 쓰인다. 1) 질서의 근본적인 원칙(fundamental principle
of order)으로서 영원한 법칙과 정의(eternal law and justice)인 *Lex vomos*, 2) 박력
(vital force), $\phi \gamma \varsigma \iota \varsigma$, 개인의 의지(individual will). 리어가 자신의 복수를 해달라고
Nature를 부를 때 그는 분명히 첫 번째의 통상적인 의미로 쓰고 있다. 에드먼드만이
명백하게 두 번째 의미로 사용하고 있다(1.2.1-2, 12-15). 여기에서 문맥은 다분히 욕
망(lust)과 연관되고 있다. 에드먼드의 관점은 거너릴, 리건과 공유하는 관점을 보여주
고 있고 이를 합리화하고 있다.

그렇잖으면 이전에 폐하가 맹세하시던 애정들을 의심하게 할 만큼

225   말입니다. 이러한 것을 그녀가 저질렀다고 믿는 것은

기적 없이 이성만으로는 도저히 받아들일 수 없는

신앙에 해당하는 것이라고밖에 말씀을 못 드리겠습니다.

코딜리어   폐하께 청원합니다―

저는 말하기 전에 행동으로 옮기고자 하는지라,

230   행하고자 하는 마음이 없는 데도 있는 듯이 말로 표현하는

미끈하고 번드르르한 기술이 없을 뿐입니다. ―이 점을 알려드리기

원하오니, 저에게서 폐하의 성은과 사랑을 박탈해 간 것은,

결코, 사악한 결함도, 살인도, 오점도,

정숙하지 못한 행위나, 불명예스러운 행동도 아닙니다.

단지 저 결핍 때문이고, 그 결핍으로 인해 저는 더욱 부유하고

또한, 언제나 자기 이익을 추구하는 눈과 혀를 갖지 못했고

그것을 갖지 못한 것이 저는 기쁠 따름입니다.

비록 그것을 갖지 못해서

폐하의 총애를 잃었지만.

리어   이 이상 더 나를 기쁘게 하지 못한다면

240   너는 태어나지 않았더라면 더 좋을 것이다.

프랑스 왕   고작 이 이유밖에 없단 말씀입니까?

흔히 행하고자 의도하는 것을 다 말하지 않은 채 역사를 놔두게 되는

더딘 천성 때문이라고요? 버건디 공작님,

공작님은 이 숙녀분에 대해서 할 말이 없으십니까?

245   사랑이 그 본질에서 벗어난 것들과 섞이게 될 때 그것은

　　　　결코 사랑이 아닙니다. 그녀를 취하시겠습니까?

　　　　그녀 자신이 지참금입니다.

버건디　왕이시여,

　　　　폐하께서 제안하셨던 그 몫만 주신다면

　　　　저는 코딜리어 님을　　　　　　　　　　　　　　　　250

　　　　버건디 공작부인으로서 맞이하겠습니다.

리어　아무것도 줄 수 없소. 맹세하는 바이오. 짐은 확고하오.

버건디　유감입니다. 그렇다면 공주님은 아버지를 잃었듯이

　　　　남편도 잃을 수밖에 없겠습니다.

코딜리어　안녕히 가세요. 버건디 공작님,　　　　　　　255

　　　　지위와 재산이 사랑하는 대상이라면

　　　　저는 결코 그런 분의 아내가 되지 않을 것입니다.

프랑스 왕　가장 아름다운 코딜리어 님, 가난하므로 가장 부유하고,

　　　　버림받았으므로 가장 선택받고, 멸시받았으므로 가장 사랑받는

　　　　분이시여.[17]

　　　　이제 저는 당신과 당신의 덕을 소유합니다.[18]　　　　260

　　　　버려진 것을 줍는 것은 합법적이겠지요.　　　[그녀의 손을 잡는다.]

　　　　제신들이여, 제신들이여! 가장 차갑게 냉대받는 자리에서

　　　　저의 사랑의 불길이 열렬히 타오르는 것은 기이하군요—

　　　　폐하, 저에게 던져진 행운이라고 부를 당신의 지참금 없는 따님은

---

17. 역설(paradox)은 이 극의 언어이기도 하다. 이 극의 언어는 일종의 지속적인 역설이라
　　고 할 수 있다. 사랑은 이 극의 중심 가치이고 코딜리어와 연결되어 있다.
18. seize upon: 법적으로 소유권을 획득하다.

265 짐의 왕비이시고, 우리 아름다운 프랑스의 왕비이십니다.

비옥한 버건디의 모든 공작들도

값을 매길 수 없이 귀중한 이 처녀를 나에게서 사 갈 수 없습니다.

코딜리어 공주님, 비록 불친절한 언니들이지만 작별 인사를 하시지요.

당신은 더 나은 곳을 찾기 위해 이곳을 잃는 것입니다.

270 **리어**   그 아이를 가지시오. 당신 것이오. 왜냐면 짐에겐

그런 딸이 없을뿐더러, 다시는

그 아이의 얼굴도 보지 않을 터이니까요. 그러니

짐의 은총도, 사랑도, 축복도 없이 떠나가시오.

자 갑시다, 고결하신 버건디 공작님.

나팔 소리. 퇴장. 프랑스 왕과 자매들이 남는다.

275 **프랑스 왕**   언니들에게 작별을 고하시지요.

코딜리어   우리 아버지의 총아들이여, 눈물 젖은 눈으로

코딜리어는 언니들을 떠나갑니다. 저는 언니들의 본심을 알아요.

동생으로서 언니들의 결함을 이름 그대로 부르기가

너무도 혐오스럽군요. 부디 아버지를 극진히 사랑해 드리길

부탁드려요.

280 공언하신 언니들의 가슴에 아버지를 맡깁니다.

아, 제가 아버지가 총애하는 자리에 섰더라면

아버지를 더 나은 곳에 맡겼을 터인데.

언니들 안녕히 계세요.

리건   우리가 할 임무의 처방을 네가 내려줄 필요는 없어.

거너릴 운명의 자선으로 너를 받아준   285

　　　 네 남편을 기쁘게 해드릴 연구나 하거라.

　　　 넌 순종심이 없으니

　　　 네가 원하는 것을 못 얻게 되더라도 당연하지.

코딜리어 지금 교활한 속임수가 결함을 가리고 몰래 감추고 있는 것을

　　　 앞으로 시간이 드러내 주게 될 것이고, 마침내 수치스러움이   290

　　　　 조롱을 가져오겠지요.

　　　 부디 번창하시기를.

프랑스 왕 가시지요. 나의 아름다운 코딜리어 공주님.

　　　　　　　　　 프랑스 왕과 코딜리어 퇴장

거너릴 동생아, 우리 둘에게 가장 절실한 것에 대해서 내가

　　　 할 말이 적지 않다.

　　　 아버지가 오늘 밤 여기를 떠날 것 같다.

리건 그것은 가장 확실해요. 언니네로 가실 거요. 담 달엔   295

　　　 우리 집으로 오실 거고요.

거너릴 아버지가 그 나이에 얼마나 변덕이 죽 끓듯 하는지 너 잘 알지.

　　　 우리가 관찰해온 것도 적지 않아. 항상 막내를 가장 예뻐하셨는데도,

　　　 방금처럼 형편없는 판단력으로 단박에 그 아이를 내치는

　　　 것만 봐도 너무 명백하게 드러나고 있잖아.

리건 늙어서 망령이 난 거지. 그러나 자신이 어떤지 조금도 모르고 있어.[19]

---

19. 여기에서 보이는 리어의 광증에 대한 거너릴과 리건의 평가(297-305)는 합당하다. 그
　　들의 말의 독특성은 그들이 옳다는 데 있다. 그들은 분명하게 보고 있다. 그러나 이 합

거너릴 아버지는 한창일 때 가장 멀쩡할 때도 성미가 불같았어.

그런 아버지가 늙었으니 이제 우리는 오래 뿌리박힌 고약한

성미뿐 아니라,

충동적인 노년의 나이에 따르는 자기 멋대로

고집부리는 통제 불능의 성미를

대면해야 할 각오를 해야겠구나.

리건 우리도 켄트의 추방 같은

305 예측할 수 없는 발작을 당할 거야.

거너릴 프랑스 왕과 아버지 사이에 작별 인사가 아직 진행 중이군.

우린 공동보조를 취해야 해. 만일 아버지가 지금과 같은

정신 상태로 권위를 유지하려고 든다면, 최근에 양도한 것은

단지 우리에게 화가 될 뿐이야.

리건 우리 좀 더 생각해 보기로 해요.

310 **거너릴** 우리 무언가 손을 써야 해. 당장에.[20]   [퇴장]

당함은 켄트의 경우와는 다르다. 켄트와 달리 애정을 결하고 있는 그들의 투명한 시각
은 결국 차가운 계산으로 화한다.

20. 거너릴도 리어의 변덕의 희생자(victim)로 볼 수 있다. 셰익스피어는 인간의 모든 가능
성을 완전히 노출하지 않음으로써 긴장감(suspense)을 유지하고 있다.

1막 1장이 끝날 때, 다음의 문제가 제기된다:

1. 글로스터의 일관성(consistency) 문제: 1막 1장 8-15행에서 보여주듯이 외도로 낳은
서자인 에드먼드의 출생에 대해서 음란한 너스레를 떠는 글로스터는 과연 3막에서
양 눈이 뽑히는 극단적인 고통을 감수하면서까지 리어에 대한 충성을 보여주는 글
로스터와 과연 같은 인물인가?

2. 리어의 일관성 문제: 자신에 대한 사랑의 크기를 공개적으로 표현하라는 강요에 직
면하여 아버지가 좋아할 표현들을 유창하게 구사할 줄 알았던 두 언니들과 다른 성

격의 막내딸의 대답 "할 말 없다"에 대한 분노로 당장 부녀의 혈연관계 무효를 선포하고, 무일푼으로 외국으로 떠나게 했던 리어는 과연 5막 3장에서 그에게 감옥형을 선고한 두 딸을 만나기를 거절하는 대신 순순히 감옥을 받아들이기로 선택하며 떠나가면서 다음과 같은 절절한 대사로 관객의 심금을 울리는 리어와 같은 인물인가?

> 자, 우리 감옥으로 가자.
> 우리 둘이서만 새장 속의 새들처럼 노래하자꾸나.
> 네가 나에게 축복을 구하면, 나는 무릎을 꿇고
> 너에게 용서를 구할 거야. 그렇게 우리 살아가자꾸나.
> 기도하고, 노래하고, 옛이야기들을 말하며,
> 도금한 나비들을 웃어주면서, 가엾은 간수 녀석들이
> 궁중 소식을 지껄이는 걸 들으며 녀석들과 함께 얘기를 나누자꾸나.
> 누가 망하고 누가 흥하는지, 누가 들고 누가 나는지.
> 마치 우리가 신의 스파이들이나 되는 듯
> 사물의 신비를 꿰고 있는 척하자꾸나. 그렇게
> 네 벽으로 둘러진 감옥 속에서 달의 지배를 받아 밀려갔다
> 들어 왔다 하는 조수같이 흥망 무쇠 하는 집단과 당파들에 속한
> 잘난 인간들보다 오래 살자꾸나. (5.3.8-18)

2장

글로스터 백작 성의 한 홀[21]

편지 한 통을 들고 에드먼드 입장

에드먼드 자연이여, 그대는 나의 여신.[22] 그대의 법에

나의 봉사가 예속되어 있노라. 어째서 나는

관습이 주는 병폐를 겪어야 하며, 세상이 시끄럽게 떠들어대는

사람의 법이

나를 박탈하도록 허용해야 한단 말인가?[23]

---

21. 이 장면에서 서브플롯(subplot)이 시작된다. 서브플롯은 주 플롯(main plot)과 병행한
다. 양 플롯(plot)은 다 같이 어리석은 아버지가 자식에게 속아 잘못을 저지르는 것으
로 시작된다.

22. 에드먼드는 정혼한 사이에서 낳은 자식이 아닌 사생아로 태어났기 때문에 자신을 자
연아로, nature를 자기의 여신으로 부른다. 에드먼드는 자신을 소박한 그대로의 자연
스러운 자유인이라고 보며 서자라는 출생을 이유로 아예 자신의 상속권을 박탈하는
법을 만들어 자신을 냉대하는 사회 관습에 자신은 매일 것이 없다고 생각한다. 이 대
사에서 에드먼드는 nature(자연)를 custom(관습)의 반대어로 사용하고 있다. 에드먼드
의 여신인 Nature는 리어의 것도 켄트의 것도 아니다. 리어와 켄트의 경우 자비롭고
구원적인 순리를 의미하는 반면, 에드먼드의 경우 제어되지 않는 내면의 격렬한 충동,
야성적인 탐욕, 욕망을 의미한다.

23. 22행까지 이어지는 에드먼드의 대사는 그에게 "사랑"은 "비밀의 성행위"일 뿐이고, 리
어의 "자리와 권위(place & authority)"는 관습의 역병(the plague of custom)일 뿐이며,
법이고 질서인 적법성의 외부에 서 있는 그의 세계에는 일체의 존경심, 신, 가치는 부

단지 내가 형보다 12달 내지 14달 늦게 태어났다고 해서?   5

어째서 서자인가? 어째서 비천하다는 것인가?

난 몸매도 잘 빠졌고,

고귀한 혈통 못지않게, 고매한 기상에다,

생김새도 아버지를 쏙 빼닮았는데? 어째서 세상은 우리를

천하다고 낙인찍는 것인가? 천박하다고? 후레자식이라고?   10

   천하다고? 천하다고?

왕성한 성욕이 충만한 은밀한 자리에서 태어난 우리는

지루하고, 김빠지고, 피곤한 잠자리에서

자는지 깨어 있는지 비몽사몽간에 잉태된

멍청이들 한 떼거지들보다는

더욱 많은 생명의 요소와 박력 있는 기질을 타고났는데도 말이다.   15

적자 에드거여, 나는 그대의 땅을 차지해야겠다.

우리 아버지의 사랑이 적자에게만큼이나

서자 에드먼드에게도 향하는 것이거늘. 좋은 말이로다. '적자'라.

그렇다면, 나의 적자여, 이 편지가 성공한다면

나의 계획이 약효를 거둘 것이다. 천한 에드먼드가   20

적자의 머리 꼭대기에 설 것이다.[24] 나는 커가노라, 나는 번성하노라.

재함을 보여준다. 마키아벨리처럼 그는 세상을 자기 뜻대로 요리하기 위해서, 인간이
무엇을 하는가를 연구할 뿐 결코 인간이 무엇을 해야 하는지에 대해서 연구하지 않는
다. 이 점이 에드먼드와 리어의 차이이다. 그는 리어에게서는 도저히 바랄 수 없는 자
기 통솔력을 소유하고 있다.

24. 실로 파격적인 이 대사는 기존 계급 질서에서의 자리가 유동적이고 전복이 일어나던
이 시대의 특징적 성격을 부각하는 하나의 메타포인 '거꾸로 뒤집힌 세상'('the world

자, 제신들이여, 서자의 편에 서 주소서!

글로스터 등장

글로스터 켄트는 저렇게 추방되고! 프랑스 왕은 분노한 채 떠나가고!

왕께서는 간밤에 떠나시고! 전 권력을 양도하고!

25 급여액만 받기로 하고! 이 모든 일들이

눈 깜짝할 사이에 갑자기 일어나다니!

에드먼드야 웬일이니? 무슨 소식이니?

에드먼드 황송합니다만, 아무것도 아닙니다.　　　　　　　[편지를 치운다.]

글로스터 그런데 어째서 그 편지를 그리도 열심히 치우는 것이냐?

30 **에드먼드** 아버님, 전 아무것도 모릅니다.

글로스터 무슨 편지를 읽고 있었느냐?

에드먼드 아무것도 아닙니다.

글로스터 아무것도 아니라고? 그렇다면 네가 그리도

놀라서 그것을 황급히 호주머니 속에 넣을 필요가 없질 않느냐?

아무것도 아니라면

35 감출 필요도 없거늘. 보자, 이리 온. 그게 아무것도 아니라면,

안경을 쓸 필요도 없겠구먼.[25]

에드먼드 부디 저를 용서해주십시오. 그 편지를 다 읽어본 것은

아닙니다만, 형님에게서 온 편지인데, 제가 이제까지 읽어본 바로는

---

upside down')을 함축한다.

25. 이 극에서의 글로스터의 마지막 농담(last joke)으로 불린다. nothing과 더불어 눈, 시
각과 연관되는 안경 등의 심상은 이 극의 전체적인 의미와 연결된다.

아버지께서 읽어보시기에는 적절하지 못한 것 같습니다.

글로스터 그 편지 이리 다오.   40

에드먼드 안 드려도, 드려도, 아버님을 거역하게 되는군요.

제 소견으로는 그 내용이 책망할 만한 것이라.

글로스터 어디 보자, 보자.

에드먼드 형님을 정당화하자면 제 생각으로는 형님이 제 덕을

시험해 보려고 이 편지를 쓴 것이 아닌가 생각됩니다.   45

글로스터 '노인을 공경하는 이 시대적인 인습은

인생의 한창때인 우리들에게 세상을 쓰디쓴 것이 되게 하고,

우리가 늙어서 재산을 즐길 수조차 없게 될 그날이 될 때까지

우리의 재산을 우리에게서 빼앗아 가고 있구나.

나는 노부의 횡포에 억압되어 산다는 것이 부질없고 어리석은 예속에   50

불과한 것이라고 느낀다. 노부가 우리에게 권력을 휘두르는 것은

그가 힘이 있어서가 아니고 우리가 참아줘서 그런 것이다.

나에게 오너라.

이것에 대해서 더 나눌 이야기가 있으니. 내가 깨울 때도

아버지가 잠을 자게 된다면 너는 영원히 그의 세입의 절반을

즐기게 되고 네 형의

사랑하는 아우로서 살게 될 것이다. 에드거.'

─흠! 음모로군!

'내가 아버지를 깨울 때도 아버지가   55

잠을 자게 된다면 너는 영원히 그의 세입의 절반을 즐기게 될 것이다.'

─내 아들 에드거가! 그에게 이런 편지를 쓸 손이 있었단 말인가?

그에게 이런 음모를 꾸밀 가슴과 머리가 있었단 말인가?

언제 이 편지가 너에게 왔느냐? 누가 이 편지를 가져왔느냐?

에드먼드 아버님, 그것은 누가 가져온 것이 아닙니다.

60 거기에 교묘한 구석이 있습니다. 사실 제 벽장 속에 던져져

있는 것을 제가 발견했습니다.

글로스터 너 이 필적이 형의 것인 줄 알렸다?

에드먼드 그 내용이 좋다면 형의 필적이라고 맹세드리겠습니다만,

그러나 그 불미스러운 점을 고려하자면, 그것이 형의 필적이

65 아니라고 생각하고 싶습니다.

글로스터 그 녀석의 필적이다.

에드먼드 형님의 필적이긴 합니다만, 그 내용에 형의 진심이

담겨 있다고는 생각하지 않습니다.

글로스터 이제껏 형이 이런 일에 대해서 너에게 마음을 떠본 적이

70 있었더냐?

에드먼드 한 번도 없었습니다. 그러나 이따금 형님이 한창때인

아들들과 맛이 간 아버지 간에, 아버지는 아들의

후견을 받고 아들은 아버지의 세입을 운영하는 것이 적합하다고

주장하는 것을 듣긴 했습니다만.

75 **글로스터** 오, 악당, 악당 놈! 그 얘긴 바로 편지 내용 그대로야!

가증스러운 악당! 괴물만큼이나 혐오스러운 짐승 같은 악당!

짐승보다 더 못된 놈! 얘야, 가서, 그놈을 찾아라.

내가 그놈을 체포해야겠다. 썩을 악당 놈! 그놈은 어디 있느냐?

80 **에드먼드** 아버님 저는 잘 모르겠습니다. 아버님만 괜찮으시다면 아버님께서

형의 본심에 대한 더 나은 증거를 얻을 수 있을 때까지 노여움을
유보하시는 것이 안전한 길을 따르는 것이 될 것입니다. 그런데
아버님께서 형님의 의도를 오해하시고 형님에 대하여 과격한
수단을 취하신다면, 그것이야말로 아버님 자신의 영예를 크게
훼손하게 될 것이고 형님의 순종하는 마음을 박살 내게 될 것입니다. 85
저는 형님이 아버지의 영예에 대한 저의 애정을 시험하기 위해서
이 편지를 쓴 것이지 어떤 다른 위험스러운 뜻은 없음을 감히
제 목숨을 걸고 맹세합니다.

글로스터 너는 그리 생각한단 말이지?

에드먼드 아버님의 영예에 그것이 합당한 판단이라면, 저희가 이 문제에 90
대해서 의논하는 것을 아버님이 들으실 수 있는 곳에 아버님을
모시겠습니다. 귀로 분명히 들으시면 만족하게 되실 것입니다.
그것도 더 지체할 것 없이 오늘 밤에 말입니다.

글로스터 그놈 같은 그런 괴물이 어디 있을까—

에드먼드 그렇고 말고요. 95

글로스터 —제 아비에게 말이다. 그리도 극진하게 전적으로 저를 사랑하는데
말이야. 에드먼드야, 그놈을 찾아내서 나에게 그놈의 진심을 슬며시
알아내서 내게 귀띔해다오. 네 지혜껏 그 일을 꾸며보아라.
내 의심을 제대로 밝혀내기 위해서 내 지위와 재산을 다
포기해도 좋다. 100

에드먼드 당장 형님을 찾아보겠습니다. 제가 방법을 찾아내는 대로
이 일을 수행하여 아버지께 알려드리겠습니다.

글로스터 최근에 있었던 일식과 월식이야말로 우리에게 나쁜 징조로다.

비록 인간의 이성은 이런 자연 현상을 이러쿵저러쿵 설명할 수
있다고 나대지만, 정작 인간 자신은 이런 현상에 따라오는
105   재앙으로 고통받고 있지. 사랑은 식고, 우정은 금이 가고,
형제들은 결렬, 도시에는 폭동, 시골에는 반목, 궁정에는 반역,
아들과 아버지 사이의 결속은 깨어지는구나. 나의 악당 놈도
바로 이 예언대로야. 아버지에게 대항하여 반역하는 아들이지.
왕은 자연스러운 경향을 이탈하여 행동하시니, 자식을 공격하는
110   아버지로다. 우리는 이제 아주 좋은 시절은 다 산 것 같구나.
음모, 기만, 반역, 파괴적인 모든 소동이 우리의 마음을
어지럽히며 우리의 무덤까지 따라다니는구나. 에드먼드야,
이 악당 놈을 찾아내거라. 너는 보상을 받게 될 것이다.
이 일을 신중하게 처리해야 한다. 고결하시고 진실하신 켄트 경이
115   추방되다니!
그 죄목이 정직이라! 이거야말로 희한한 일이로다!   [퇴장]

에드먼드   이거야말로 세상의 기막힌 어리석음이로다.
우리가 재앙을 겪게 되면, ㅡ 흔히는 그것이
우리 자신의 행위가 초래한 고약한 과실의 결과인데 ㅡ
120   그 재앙들을 달이나, 별에 돌리지. 마치 우리는
필연적으로 악당이 되고, 천체의 압박에 의해서 바보가 되고,
별의 영향으로, 악당, 강도, 반역자가 되고
천체의 영향으로 술주정뱅이가 되고, 사기꾼도 되고,
오입쟁이가 되는 듯이 말이야. 우리의 모든 나쁜 짓은
125   초자연력에 의한 것이라니.

자신의 음란한 성향을 별에게 뒤집어씌우는 호색한의

경탄할 만한 책임회피로다. 우리 부친은 우리 모친과

곰의 꼬리좌 아래서 몸을 섞었고,

내가 태어난 것은

대웅좌 아래이니, 나는 난폭하고 음탕하다는   130

공식이 나온다 이거지. '흥! 나라는 서자 놈을 만들어낼 때

하늘에서 가장 정숙한 별이 빛났더라도

나는 나렸다.' 에드거 형 —   [에드거 등장]

때마침 그가 오는구나. 이 코미디를 결말지어 줄 카타스트로피처럼.[26]

베들렘 정신병원에서 나온 톰처럼, 한숨을 푹푹 쉬며,   135

비참한 우울증을 보여주는 것이 나의 역할이지. 오, 요사이의

일식 월식들이 이런 분열의 징조로구나! 파, 솔, 라, 미.

에드거 웬일이냐, 아우 에드먼드야! 무슨 심각한

생각에 잠겨 있느냐?

에드먼드 최근에 제가 읽고 있는 전조와

이 일식 월식들에 뒤따라서 오는 것에 대해 생각하고 있는   140

중입니다.

에드거 너도 그런 것에 몰두하느냐?

에드먼드 잇달아 일어나는 불미스러운 일에 대해서 그 저자들이 쓰고

---

26. 카타스트로피(catastrophe)는 그리스 정통 희극(Old Comedy)에서, 줄거리가 절정에 이
르고 관중들도 초조히 결말을 기다리고 있을 때 바로 알맞게 연극을 결말지어주는 사
건을 말한다. 에드먼드가 사용하는 이 연극적인 용어가 함축하듯이 에드먼드의 주요
역할은 역할 연기놀음(role playing)이다.

있는 예언의 결과들에 대해 확실히 말씀드릴 수가 있습니다.

자식과 부모 간의 혈연의 도리에서 벗어난 일에 관해서,

145 죽음, 기근, 오랜 우의의 파괴,

국가의 분열, 왕과 귀족들에 대항한 협박과 중상들,

이유 없는 의혹, 친구의 추방,

군대의 해산, 결혼의 파탄 등등

기타 여러 가지의 일들이.

150 **에드거** 너 언제부터 점성 신앙가가 된 거니?

에드먼드 그런 것은 아무래도 좋고요. 언제 마지막으로 아버지를
보셨나요?

에드거 간밤에.

에드먼드 아버지와 이야기를 나누셨어요?

155 **에드거** 응, 두어 시간가량.

에드먼드 좋은 낯으로 헤어지셨나요? 말씀이나 안색에서
언짢은 구석을 못 발견하셨나요?

에드거 전혀.

에드먼드 어느 부분에서 아버님을 거스르셨는지 곰곰이
생각해 보십시오. 부디 간곡히 청컨대 형님께서는 아버지의

160 노여움의 열기가 누그러지실 때까지 아버지 앞에 나타나는 것을
피하십시오.

지금으로서는 아버지께서 너무 화가 나셔서 형님 몸을 해치신다
해도 그 화는 풀리지 않을 지경입니다.

에드거 어떤 악당 놈이 나를 모함했구나.

에드먼드　바로 그 점이 제가 우려하는 점입니다. 아버지의 화가 좀

가라앉으실 때까지, 부디 꾹 참고 가까이 가지 마셔요.　　　　　165

저와 같이 제 숙소로 가시지요. 거기에서 아버지가 말씀하시는 것을

형님이 제때 들으실 수 있도록 도와드리겠습니다.

부디 이곳을 떠나세요. 여기 제 방 열쇠가 있어요. 만일 방 밖으로

나오시게 될 때엔 무장하고 다니십시오.

에드거　얘야, 무장을 하라고?　　　　　170

에드먼드　형님, 저는 형님의 최선을 위해서 충고드리는 겁니다.

무장을 하고 다니십시오. 아버님이 형님에 대해서 선의를 갖고 계신

다면 저는 결코 정직한 사람이 아니겠지요. 저는 조금이라도 단지

막연한 윤곽만 가지고 말씀드린 것이 아니라 제가 보고 들은

대로 말씀드린 것입니다. 부디 청컨대 몸을 피하십시오.

에드거　너 곧 소식을 들려줄 거지?　　　　　175

에드먼드　이 문제에서 제가 형님을 도울 것입니다.　　　　　[에드거 퇴장]

귀가 얇은 아버지에다가, 고상한 성품의 형이라.

자신의 본성이 다른 사람을 해치는 것과 거리가 머니

아무도 의심할 줄 모르지. 그 어수룩한 정직성을 타고 가니　　　　　180

나의 계획이 탄탄대로다! 나의 계획이 어떻게 진행될지 훤히

　보이는구나.

나의 출생으로 안 된다면, 나의 지혜를 써서 땅을 차지해야겠다.

내 수중에 입수되는 모든 것은 내 목표를 위해 적절하게 이용할

도구가 될 것이다.[27]　　　　　[퇴장]

---

27. All with me's meet that I can fashion fit: 환경에 맞추어 에드먼드의 얼굴은 끊임없

이 변모해갈 것이고, 궁극적으로 왕의 얼굴에 접근해갈 것이다. 뻔뻔하게(saucily) 불청객으로 이 세상으로 나왔던 그는, 소환될 때까지 기다리는 대신 뻔뻔하게 스스로 이 세상을 통과해갈 것이다. 그는 실로 르네상스 시대가 낳은 견고한 머리의 소유자로서, 개인주의, 중상주의, 회의주의의 산물인 새로운 유형의 한 인간이라 하겠다(new man, the hard-headed product of Renaissance, individualism, mercantilism, scepticism).

3장

올버니 공작 궁중의 한 방

거너릴과 그녀의 집사 오스왈드 등장

거너릴 우리 아버지가 자기 광대를 나무랐다고

　　　 내 하인[28]을 때렸단 말이지?[29]

오스왈드 그렇습니다. 마님.

거너릴 아버지는 밤낮으로 나에게 고약하게 구시는구나. 시시각각

　　　 이런저런 큰 무례를 번개같이 저지르며[30]　　　　　　　　　5

　　　 집안을 온통 뒤집어 놓으니. 난 도저히 못 참겠어.

　　　 아버지의 기사들은 갈수록 난동을 부리고, 아버지 자신은 사소한

　　　 것에도 우릴 꾸짖고 난리니

　　　 아버지와 말을 하지 않을 거야. 내가 아프다고 그래.

　　　 너희들이 아버지께 이전보다 소홀히 대해드린다면,　　　　　　10

---

28. 여기에서 gentleman은 시종 중에서 어느 정도 급이 높은 하인을 지칭하므로 신사보다는 하인이 적절한 번역이다.

29. 리어와 딸 사이의 분란은 그의 기사들로부터 시작되는 것이 아니고 그의 충성스러운 광대(fool)로부터 시작되고 있음을 뮤어(Kenneth Muir)는 지적하고 있다.

30. flashes(breaks out: 번개같이 저지르다)는 리어의 성급하고 우발적인 성격을 잘 나타내는 말이다. 거너릴도 리어의 불합리한 행위(irrational behavior)의 희생자 아닌가? 셰익스피어는 숨겨진 가능성들의 노출을 연기시킴으로써 3장이 끝날 때까지 긴장감을 유지하고 있다.

잘하는 것이 될 거다. 거기에 대한 책임을 내가 지마.

오스왈드 마님, 그분이 오시는 소리가 들립니다.

[안에서 뿔 고동 소리]

거너릴 어떻게 해서든지 이제는 지쳐서 되는 대로 한다는 태도를

마음대로 취하도록 하렴. 너와 네 동료들 모두 말이야. 그게 문제가

되게 할 참이야.

15   그게 언짢으면, 동생에게로 가시라지.

동생과 나는 이 문제에 있어서 한마음이란 걸 난 알지.

우린 절대로 아버지에게 휘둘리지 않을 거야. 어리석은 노인 같으니,

자기가 내준 권력을 여전히 휘두르려고 들다니! 정말이지,

20   늙은 바보들은 다시 어린애가 된단 말이야.[31] 그러니

저들이 분수를 모를 때는 비위만 맞추지 말고 나무라기도 해야 해.

내가 한 말을 명심하거라.

오스왈드 네, 마님.

거너릴 너희들 모두 아버지의 기사들에게 차가운 눈초리를 보내도록 해.

그로부터 무슨 일이 일어나든지, 상관하지 마. 네 동료들에게도

그리 일러라.

25   기필코 난 그로부터 내가 한마디 할 기회를 만들어야겠어.

내 동생에게도 나와 같은 행동을 취하라고

당장 편지를 써야겠어. 저녁 준비하거라.   [퇴장]

---

31. Old fools are babes again~: 자식-부모 역할(child-parent role)과 관련하여 이 극에서
가장 강력한 언어상의 모티브를 제시한다.

4장

같은 곳의 한 홀

변장한 켄트 등장

켄트 내가 변장한 것 같이 다른 사람의 말투로 가장해서
내 말투를 감출 수만 있다면, 내가 나의 수염을 밀어내듯
내 모습을 지워낸 이유였던 나의 선한 뜻을
충분히 달성을 할 수 있을 터인데. 자, 추방당한 켄트여,[32]
너에게 추방의 벌을 준 그분 곁에서 그분의 하인으로서   5
  섬길 수 있다면,
네가 사랑하는 주인님은
가장 열렬히 섬기는 신하가 너임을 알게 될 때가 올 것이다.

안으로부터 뿔 나팔 소리. 리어, 기사들과 시종들 등장

리어 한순간도 지체 말고 당장 저녁 대령하렷다! 가. 냉큼 준비해.
[시종 한 명 퇴장] 그런데, 넌 뭐냐?
켄트 사람입니다.   10

---

32. 이 방대한 길이의 극을 전혀 삭제하지 않고 상연하던 당대 셰익스피어 극장에서 진행
은 아주 신속했다. 관객이 켄트 대사 중 이 부분을 놓친다면, 관객은 무대 위에서 바로
곁의 리어가 못 알아보도록 변장한 그가 켄트임을 결코 알아보지 못할 것이다.

리어 네 신분은 무엇이냐? 짐과 무슨 볼일로 왔느냐?

켄트 저는 겉으로 보이는 그대로입니다. 나를 믿어주는
사람을 진심으로 섬기고, 정직한 자를 사랑하고,
지혜로운 자와 대화하고, 말수가 적고
신의 심판을 두려워하고, 피치 못할 경우 싸울 수 있으며,
금요일에 생선을 먹지 않습니다.[33]

리어 너의 신분은?

켄트 대단히 정직한 친구지만,

20   왕만큼이나 가난한 자입니다.

리어 네가 신하로서 왕만큼이나 가난하다면
넌 충분히 가난한 놈이구나. 그래 넌 무슨 일을 하겠느냐?

켄트 봉사입니다.

리어 누구를?

25 **켄트** 당신입니다.

리어 자네 나를 아느냐?[34]

켄트 모릅니다. 그러나 당신의 용안에는
제가 주인이라고 부르고 싶은 어떤 것이 있습니다.

리어 그것이 무엇이냐?

30 **켄트** 권위입니다.

---

33. 로마 가톨릭(Roman Catholic)들은 금요일에 생선을 먹었다. 셰익스피어 시대의 로마
가톨릭은 정부와 적대적이었기에, "eat no fish"라는 표현은 좋은 신교도로서 정부에
충성하는 자라는 뜻으로 쓰였다.
34. 리어는 절실하게 이 질문을 던진 후 숨을 죽이고 그의 대답에 집중한다. 마치 자신의
존재가 그가 자기를 아는지의 여부에 달린 양.

리어 그래 넌 어떤 봉사를 할 수 있느냐?

켄트 저는 존중할 만한 비밀을 지킬 수 있고, 말을 탈 수 있고 달릴 줄도
아는데, 교묘하게 만들어 낸 복잡한 이야기는 전하다가 엉망으로
만듭니다. 정직한 메시지는 솔직하게 전할 수 있고, 여느 인간이
하기에 적합한 것은 다 할 수 있습니다.   35
저의 가장 큰 장점은 근면입니다.

리어 넌 몇 살이냐?

켄트 노랫가락 땜에 여자에게 사랑에 빠질 정도로 젊지도 않고,
여자라면 무조건 허덕대고 푹 빠질 정도로 늙지도 않습니다. 제 등에
마흔여덟의 나이를 업고 있습니다.

리어 나를 따라오거라. 나를 섬겨도 좋다. 내가 저녁을 먹고   40
난 후에도 네가 싫지 않다면 너를 자르지 않겠다. 저녁, 여! 저녁
  가져와!
내 악당 녀석 어디 갔느냐? 내 광대 녀석 말이야. 가서
내 광대 녀석을 이리로 불러오너라.   [시종 한 명³⁵ 퇴장]

오스왈드 등장

너, 너, 얘야, 내 딸 어디 있느냐?

오스왈드 실례합니다.   [퇴장]   45

리어 거기 저 자식 뭐라고 지껄였지? 저 등신 녀석 다시 불러와.
  [기사 한 명 퇴장] 여봐라, 내 광대 어디 갔느냐? 온 세상이 잠들어 있는

---

35. Exit *an* Attendant: 왕의 명령에 한 명이 반응하고 있음은 리어의 벗기기(stripping) 과
정이라 할 수 있는 이 극의 한 면모를 보여준다.

것 같군.

그런데, 저 개새끼는 어디 갔지?

기사 다시 등장

기사 폐하, 그자의 말로는 따님께서 몸이 좋지 않으시다고 합니다.

50 **리어** 저 노예 자식은 내가 불렀는데

어째서 나에게 돌아오지 않느냐?

기사 폐하, 그자는 노골적으로 거친 말투로

안 오겠다고 합니다.

리어 안 오겠다고?

55 **기사** 폐하, 무슨 영문인지 저로선 모르겠사오나

제 판단으로는 폐하께서 이전에 받으시던 환대를

못 받고 계신 것 같습니다.

공작님 자신이나 따님에게서와 마찬가지로

시종들 전체로부터 친절이 대단히

60 삭감된 것같이 보입니다.

리어 하! 그게 자네 얘기란 말이지?

기사 폐하, 제가 오해한 것이라면 부디 저를 용서해 주십시오.

폐하께서 홀대를 받으신다고 생각이 들 때 저의 도리상 저는

결코 침묵할 수 없어서 말씀드린 것입니다.

65 **리어** 자네는 나 자신의 생각을 상기시켜 주었을 뿐이야.

나는 최근에 약간 소홀함을 느꼈는데,

일부러 차갑게 굴기로 작정하거나 불친절하려는 의도에서 그런 게

아니라

자잘한 것에까지 지나친 감시를 하는 나 자신의 탓으로 돌렸지.

그걸 더 조사해 봐야겠다. 그런데 내 광대는 어디 갔지?

요 이틀간 그 아이를 통 못 봤어.   70

기사   막내 공주님께서 프랑스로 떠나신 이후로

광대가 아주 풀이 죽었습니다.

리어   그 얘긴 그만.³⁶ 나도 잘 아는 바이니까.

자네 내 딸에게 가서 내가 이야기 좀 하고 싶다고 일러라.

[시종 한 명 퇴장]

가서, 내 광대를 이리로 불러와라.   [시종 한 명 퇴장]   75

오스왈드 다시 등장

오, 어르신, 이리로 오시지요, 어르신. 제가 누구입니까? 어르신.

오스왈드   저의 마님의 아버님이십니다.

리어   네 마님의 아버님이라고! 네 주인의 악당 놈, 이 후레자식,

개 같은 놈! 이 노예 자식! 이 똥개 자식!

오스왈드   저는 이 어떤 이름에도 해당 사항 없습니다, 어르신.

실례합니다.³⁷   80

리어   어디 감히 나에게 눈알을 굴려, 이 악당 놈 같으니라고.

---

36. 이것은 리어의 고통스러운 외침(a cry of pain)으로, 리어는 고통스러운 이 주제에 대한
    화제를 회피하려 한다.
37. 노골적으로 무례한 오스왈드의 태도가 보여주는 대담함(boldness)은 한때 절대 권력자
    였던 강력한 왕(once all-powerful king)에 대한 정면 도전이다.

[그를 때린다.]³⁸

오스왈드 저는 매를 맞지 않겠습니다. 어르신.

켄트 다리에 걸려 넘어지지도 않겠다 이거냐,

이 천한 축구 선수 놈.³⁹　　　[그의 뒤꿈치를 걸어 넘어뜨린다.]⁴⁰

85　**리어** 친구, 고맙다. 너 나 제대로 섬겼으니, 내 너

예뻐해 주마.

켄트 야, 일어나, 꺼지시지! 네놈에게 상·하의 구별을 가르쳐 줄 테니.

꺼져, 꺼져! 그 우둔한 덩치를 땅바닥에서 한 번 더 재고 싶다면,

꾸물대거라.

꺼져라! 자, 냉큼. 제정신이 있는 거냐? 옳지!

[오스왈드를 밀어낸다.]

90　**리어** 자, 친절한 녀석, 고맙다.

옜다, 너 채용하는 선금이다.　　　[켄트에게 돈을 준다.]

광대 등장⁴¹

---

38. 왕이 몸소 교정하기엔 리어와 오스왈드의 신분 격차가 너무 컸으나, 이제 그 구분이 무산되고 있다.

39. 셰익스피어 시대에 축구는 천한 놀이로 간주되었다.

40. 희극의 느낌을 주는 이 장면에서 켄트는 다짜고짜로 오스왈드를 난폭하게 넘어뜨린다. 이 행위를 통하여 이 극이 줄기차게 보여주는 방정식을 부각한다. 켄트는 좋은 친구인 동시에 폭한으로서 행위를 하는 자이다.

41. 광대의 첫 입장을 보여주기 위해 역대 공연들은 즐거움을 제공하는 전문가(a professional entertainer)로서 다양한 행위를 보여주며 등장하게 했다—뛰어오르고, 춤추고, 기고, 활보하고, 노래하며, 사색에 잠긴 모습으로(bouncing, dancing, crawling, strolling, singing, glooming). 그는 무대 위 관객으로서 무엇보다 리어의 영향력에 대

광대   저도 그 친구 고용할게요. 여기 내 고깔 받아라.

[그의 모자를 준다.]

리어   내 귀여운 악당 녀석! 어쩌냐?

광대   얘야, 너 내 고깔모자 받는 게 좋겠다.

켄트   어째서, 바보야?   95

광대   왜냐고? 시세가 떨어진 자의 편을 드니깐 말이야.
          당신 바람 부는 대로 미소를 지을 수 없으면
          이내 감기 걸리게 될 거야. 자, 내 고깔 받아.
          저 친구는 자기 의사와는 딴판으로 두 딸을 추방시키고,
          셋째 딸에게는 축복을 내렸지요.[42] 당신이   100
          저자를 쫓아다니고 싶으면 필히 내 고깔을 써야 해. 자 이봐요,
          아저씨! 나 고깔모자 두 개와 딸 둘이 있었으면!

리어   얘야, 어째서?

광대   내가 걔네들한테 내 재산 몽땅 줘버리면 고깔모자는 내가
          가지고 있으려고. 이건 내 것이고, 당신은 당신 딸들한테 달라고   105
          조르세요.

리어   얘야, 조심해라, 회초리 맞는다.

광대   진리란 놈은 개집으로 쫓겨나는 개 신세로구나.
          암캐가 벽난로 곁을 차지하고 냄새를 풍기고 있을 땐
          회초리 맞고 밖으로 쫓겨날 수밖에.[43]

한 의식을 가지고 있다. 그는 궁극적으로 한 인물이기보다는 반인간적인 인물로서 모
든 사람에 대한 완전한 대조물로서, 패러디(parody)의 형태로서 기능한다.

42. 이 극에서도 셰익스피어는 그가 인간과 세상에서 발견하는 역설을 극화하고 있다.

43. 따스한 벽난로 옆자리를 차지하고 냄새 피우고 있는 암캐는 거너릴과 리건을, 회초리

110 **리어**   쓰디쓴 쓸개로구나.

광대   [켄트에게] 얘야, 나 너한테 말을 가르쳐 줄게.

리어   어디 해 봐.

광대   아저씨, 잘 들어봐요.

보이는 것보다는 가진 것을 더 많게 하고,

115   아는 것보다는 말을 덜 하고,

가진 것보다는 덜 꿔주고,

발로 가는 것보다는 말을 타고 가고,

믿는 것 이상으로 배우고,

술과 계집을 다 버리고

120   집을 지키고 있으면

스물을 세어도

10의 두 배 이상이 되리라.[44]

켄트   이건 아무것도 아니구나, 바보야.

광대   이 얘기를 해줘도 아무것도 안 주신다면, 이거야말로

125   변론하고도 수임료를 못 받는 변호사 꼴이군요.

아저씨, 아저씨에게 아무것도 아닌 것은 정말

아무 소용이 없나요?[45]

맞고 바깥으로 쫓겨난 진리라는 이름의 개는 코딜리어를 의미한다.

44. 최소한 본전은 건진다는 뜻.

45. Can you make no use of nothing?: 이 질문을 던지기 위해 광대가 1막 4장에 등장한
다고 볼 수 있을 정도로, 관객에게도 던져지고 있는 이 질문은 이 극의 핵심적인 질문
이다. "nothing"은 1막 1장의 왕국 분할 장면에서 코딜리어의 입에서 나온 이후 극 전
체에 메아리치고 있는 이 극의 키워드이기도 하다.

리어 암, 그렇고말고. 얘야. 아무것도 아닌 것은 아무 소용이 없지.

광대 [켄트에게] 제발이지, 저분한테 얘기 좀 해줘요. 자기 땅의 수입이

결국 그 지경이 됐다고. 저분은 광대 얘긴 믿지 않으려 들거든요. 130

리어 씁쓸하게 하는 바보구나!

광대 얘야, 너 아니? 쓴 바보와 단 바보의 차이를?

리어 몰라. 얘야, 가르쳐 줘.

광대 당신한테 당신 땅 몽땅 줘버리라고 135

충고한 저 주인님께서

여기 내 옆에 와서 자릴 잡고 있네.

당신이 그를 대변하고 있으니

단 바보와 쓴 바보는

단박에 분별이 될 거야. 140

여기 알록달록한 광대 옷을 입은 자와,

저기 있는 또 다른 바보의 차이가 말이야.

리어 얘야, 너 나를 바보라고 부르는 거냐?⁴⁶

광대 당신이 다른 이름들은 몽땅 줘버렸으니까,

당신에겐 태어날 때 갖고 태어난 것밖에 안 남았지.⁴⁷ 145

켄트 이자는 전적으로 바보가 아닙니다. 폐하.

---

46. bitter fool(쓴 바보)은 sarcastic fool(냉소적이고 힐난을 일삼는 바보)의 의미로 쓰이고
있는데, 광대의 신랄한 말은 정곡을 찌르므로 리어에게 쓰게 다가온다.

47. 광대의 무대에서의 역할(stage role)은 '현명한 아이'(wise child), '현명한 바보'(wise
fool), '현명한 광인'(wise madman), '희생양'(scapegoat) 등이라 할 수 있다. 그는 왕의
무의식의 목소리이기도 하다. 여기서 왕과 광대의 상호교환성(interchangeability)이 부
각되기도 한다.

광대   정말이지 높으신 분들이나 위대한 분들이 저에게 허락하질 않네요.
          제가 바보 독점권을 가지려고 해도, 그분들께서 끼어들려고
          하시네요. 높으신 마님들도요.
          그분들은 저 혼자 바보가 되도록 놔두시질 않고, 바보 자리를
          빼앗아 가려고 해요.
150   아저씨, 저에게 달걀 하나를 주세요.
          그러면 아저씨께 왕관[48] 두 개를 드릴게요.

리어   어떤 왕관인고?

광대   제가 달걀 가운데를 깨뜨려서,
          노른자를 먹어버리면 두 개의 왕관이 남지요.
155   당신이 당신의 왕관 한가운데를 쪼개서 두 조각을 주어버렸을 때,
          당신은 당신 나귀를 등에 짊어지고 진창을 걸어가는 꼴이 됐지요.
          당신이 당신의 황금색 왕관을 주어버렸을 때, 당신의 대머리 속에는
          별로 지혜가 들어있지 않았어요. 이 말을 하는 제가 어리석다고
          생각되면,
          그렇게 생각하는 맨 첫 번째 녀석부터 회초리를 맞아야겠죠.
160   바보가 이렇게 가치가 추락한 적도 없었지.
          현명한 분들께서 죄다 바보가 되셔서
          그분들의 지혜를 어떻게 써야 할지를 모른 채
          행동거지가 아주 어리석어지셨으니.

리어   얘야, 넌 언제부터 그리도 노래로 가득 차게 됐니?

---

48. crowns는 달걀 양 끝 고깔, 왕관이라는 뜻 외에 돈의 단위이기도 하다. 1크라운은 5실
    링(shillings).

광대 아저씨 당신이 딸들을 엄마로 삼은 다음부터 노래를 이용하게 됐지요. 165

그때 당신은 딸들에게 회초리를 쥐여주고 바지를 내리셨지요,

그때 저들은 별안간 아주 기뻐서 울었고요.

난 슬퍼서 노랠 불렀지요.

저 위대하신 왕께서 바보들 사이에 끼어들어 가

까꿍 나 찾아봐라, 170

숨바꼭질하셨으니까요.[49]

제발이지, 아저씨, 당신의 바보에게 거짓말하는 법 가르쳐 줄

선생 좀 붙여줘요.

거짓말하는 법을 배우고 싶어 죽겠어요.

리어 이 녀석, 너 거짓말하면 짐에게서 회초리 맞을 줄 알아라.[50]

광대 당신과 당신 딸들은 어떤 족속인지 기이하기 짝이 없어요. 175

내가 진실을 얘기한다고 나에게 회초리질,

내가 거짓말한다고 나에게 회초리질,

그래서 때때로 입 다물고 있으면 입 다물고 있다고 회초리질.

난 정말이지 광대 바보 빼놓고는 뭐라도 되고 싶어요. 그렇지만

아저씨,

---

49. 말로 담아내기에는 너무도 가슴이 터지고 억장이 무너져 내리는 상황에서 말 대신 노
래가 터져 나온다. 말이 끝나는 곳에서 노래가 시작된다. 이 수준에서 광대는 극에 가
장 큰 영향을 가진다. 광대는 인식한다. 리어가 나타내는 자연 질서에 대한 본능적 확
신도, 코딜리어와 켄트의 도덕적 노력도, 에드먼드가 시도하는 무도덕적인 우주에 대
항하는 인간 의지의 주장도 모두 똑같이 쓸모없음을.

50. 회초리질(혹은 채찍질)은 이 장면에서만도 6차례 언급되며, 광대의 비천하고 불행한
처지(miserable fool)를 말해 준다.

난 당신은 절대 되고 싶지 않아요. 당신은 지혜의 양 끝을 잘라버리고
가운데엔 아무것도 안 남기셨죠. 여기 그중 한 짝이 오네요.

거너릴 입장

리어 그래, 딸아! 그 이맛살의 주름은 무슨 까닭이냐?
내 생각에 넌 최근에 너무 자주 얼굴을 찌푸리는구나.

광대 그녀가 찌푸리거나 말거나 신경 쓸 필요가 없을 때
185 아저씨는 괜찮은 자였는데. 이제 당신은 아무 숫자가 없는
빵(0)이어요. 저는 지금의 아저씨 신세보다는 나아요.
저는 바보 광대이지만, 당신은 아무것도 아니니까요.
[거너릴에게] 넵, 맹세코,
입을 닥치겠나이다. 당신 얼굴이 그러라고 명령하고 계시네요. 비록
잠자코 계시지만.
190 음, 음.
모두 다 싫증 났다고, 빵 껍질도, 빵 속도 다 내버리고
챙겨두지 않는 자는, 아쉬워질 거야.
요건 콩이 빠진 콩깍지.   [리어를 가리키며]
거너릴 아무 말도 아무 짓도 할 수 있는 특허권을 가진
아버지의 요 광대 녀석뿐 아니라,
195 아버지의 다른 무례한 수행원들은
시시각각 트집 잡고 싸움박질을 벌이고
도무지 참기 어려운 망측한 난동을 벌이고 있습니다. 아버님,
저는 이 점을 아버님께 제대로 주지시켜 드림으로써

안전한 강구책을 세우기로 했습니다. 그런데

최근에 아버지께서 보여주신 언행을 미루어 보건대   200

아버지께서 이러한 행동을 옹호하고 시인해주심으로써

선동하신 것 아닌가 하는 의심이 듭니다.

만일 아버지께서 그러셨다면, 그 잘못은

벌을 면하기 어려울 것이며, 필히 어떤 조치가

따르게 될 것입니다. 그 조치는 건전한 공동생활을 보존하기

　위함이므로,

나의 동기가 선하지 않다면 수치스러울 수 있으나,   205

그 수행에 있어서 아버지의 기분을 상하게 할 수 있을지라도,

이 경우에 있어서는 불가피한 일이니, 나의 처사가 신중한 처사라고

불릴 것입니다.[51]

광대　아저씨 알아둬요.

종달새가 뻐꾸기를 너무 오랫동안 먹여줬더니만,

뻐꾸기 새끼란 녀석이 종달새 머리를 싹둑 날려버렸대요.   210

그렇게 촛불은 꺼지고, 우리는 어둠 속에 남겨졌노라.

리어　그대가 정녕 짐의 딸이더냐?[52]

---

51. 여기에서 관객은 다음의 질문 앞에 세워진다. 과연 진정한 거너릴의 모습은 무엇인
　가?(What Goneril is?) 거너릴의 불평은 정당한 사유(good cause)에서 나온 것이 아닐
　까? ─ 끊임없는 광대의 놀림이 주는 고통스러움, 혈기 왕성한 100명의 기사들의 소란
　과 무질서, 폭한(bully)의 기질이 여전한 아버지 등등. 아니면 그녀는 철저한 거짓말쟁
　이(arrant liar)인가? 리어도 광대도 기사들도 모두 훌륭하고 조용한 신사(fine, quiet
　gentleman)라면? 이 극을 통해 작가가 기용하는 방식은 손쉬운 극단들을 거부한다.
52. 당혹을 띤 이 물음은 자신의 정체성(identity)에 대한 추구이기도 하다.

거너릴 아버지가 지니고 계신 걸로 알고 있는

제대로 된 지혜를 좀 쓰셨으면 해요.

그리고 최근에

215   정상적인 상태로부터 아버지를 바꿔놓은

이런 망령들은 버리시고요.

광대 수레가 말을 끌고 갈 때가 언제인지는

바보도 알지 않으리오? 와우, 내 사랑! 사랑해요.

리어 여기 누구나 아는 자 있느냐? 이것은 리어가 아니야.

220   리어가 이렇게 걷는가? 이렇게 말하고? 그의 눈들은 어디 있지?

그의 분별력이 약해졌던가, 그의 판단력이

마비됐나 보다. 하! 깨어 있다고? 그렇지 않아.

내가 누구인지 말해 줄 사람?

광대 리어의 그림자.

225 **리어** 나는 그것이 알고 싶다.[53] 왜냐면,

최고의 감각기관들인 지식과 이성이

나에게 딸들이 있다고 틀리게 설득하는 것 같으니까.

광대 고것을 가지고 저들은 말 잘 듣는 말랑말랑한 아비로 만들 참이지.

리어 아름다운 귀부인, 당신의 성함은?

230 **거너릴** 이 찬사는 아버지의 또 다른 새로운 망령들의 기질을

다분히 보여주고 있어요. 부디 간곡히 청컨대

제 의중을 제대로 파악해주세요.

---

53. 리어는 광대의 말과는 상관없이 자기 말을 계속하고 있다. 여기에서 리어와 광대의 대
사는 둘 간의 대화(dialogue)가 아니라 각자의 말을 하고 있는 모놀로그이다.

아버진 늙으셨고 경로 대상이니 현명해지셔야 해요.

여기 아버진 100명의 기사들과 향사[54]들을 데리고 계신데,

저들은 너무도 난폭하고, 방탕하고, 무례하기 짝이 없는 자들이라서 235

짐의 궁정이 저들의 행실로 오염이 되어서

난장판인 여인숙 꼴이 되어버렸군요. 쾌락과 욕정이 난무하니

고귀한 궁정이라기보다는

술집이나 갈보 집으로 전락하고 있어요. 수치 자체가

즉각적인 강구책을 요구하고 있으니, 제 요청을   240

들어주셔야겠어요. 제가 요청하는 것은

아버지 시종의 숫자를 조금 줄이는 것이고,[55]

남아 있을 자들은 아버지의 연세에 어울리는

자신의 처지와 아버지의 처지를 제대로 아는 자들로 뽑아 달라는

것인데 제 요청을 들어주지 않으면 제가 그것을 실행에 옮길 것입니다. 245

리어 지옥에 떨어질 것 같으니라고!

내 말에 안장을 얹어라. 내 시종들을 불러.

더러운 서자 같으니라고! 난 널 괴롭히지 않겠다.

나한텐 딸이 또 있어.

거너릴 아버진 제 사람들을 때리고, 아버지의 방탕한 떨거지들은

저희보다 나은 자들을 저희들 하인같이 취급해요.   250

올버니 입장

---

54. 향사는 신사 계급보다 급수가 낮은 토지소유자.

55. 결국 한 명이 남겨지게 될 것이고, 운명의 수레바퀴가 내리막길에 치달아 리어는 거너
릴을 홀로 대처하게 될 것이다.

리어 아— 너무 늦게 뉘우치는 자여.

[올버니에게] 오. 어르신, 오셨습니까?

어르신, 이것이 댁의 뜻이오? 말씀해 보시지요. 내 말들을 준비해라.

배은망덕, 너 대리석 심장을 가진 악마,

네 모습을 자식 속에서 보게 될 때엔

바다 괴물보다도 더욱 끔찍하구나.

255 **올버니** 부디, 폐하, 진정하옵소서.

리어 [거녀릴에게] 흉측한 솔개 같은 년! 네 말은 거짓말이야.

내 시종은 정선된 가장 빼어난 정예부대야.

그들의 명예로운 이름에 걸맞은 생활을 하려고 세심한 주의를

기울이며 최선을

다하는 자들이야. 오 가장 작은 흠[56]이,

260 코딜리어에게서는 얼마나 흉측하게 보였던가!

그것은, 고문 도구처럼 나의 본성의 모든 구조를

본래의 제자리로부터 뽑아 비틀어[57] 나의 모든 사랑을

내 가슴으로부터 비워내고 쓰디쓴 담즙으로 채웠구나. 오 리어,

리어여!

이 문을 때려줘야겠다, 너의 어리석음을 들여보내고

---

56. 코딜리어의 고집스러움.

57. 리어의 본성의 틀(my frame of nature)은 제자리(the fix'd place)로부터 이탈되고 일그러져서(wrench'd) 뒤틀린 틀이 되었다. 결국, 1막 4장에서 남는 것은 도덕적 질서의 존재도, 에드먼드가 주장하는 인간 스스로에 의해 조정될 수 있는 세계도 아니고, 뒤틀린 틀과 광증의 위협이라 할 수 있다. 이어지는 리어의 저주(269-83)도 진정 비틀린 틀의 소산이라 하겠다.

[자신의 머리를 때리며]

너의 귀중한 판단력을 내보내다니! 가자, 가자, 애들아.   265

올버니 폐하. 저는 무고합니다. 무엇이 폐하를

노하게 해드렸는지 알지 못하니까요.

리어 그렇겠지.

자연이여, 들으소서, 들으소서! 친애하는 여신이여, 들어보소서!

당신이 이 피조물로 하여금 아이를 낳게 하는 의도가 있으시다면

당신의 계획을 멈추시고,   270

저년의 자궁을 불임으로 만들어주소서.

그년의 생식 기능을 말려서

그년을 영예롭게 해줄 아기가

저년의 못 쓰게 된 몸뚱이에서 태어나지 말도록 해주소서.

정 그년이 아이를 낳게 하실 거라면,   275

원한으로 뭉친 자식을 낳게 하셔서, 그녀에게

흉악무도한 고문이 되도록 살게 하소서!

그녀의 젊은 이마가 주름으로 파이고,

그녀의 뺨에는 흘러내리는 눈물로 골을 파주셔서

모든 어머니의 수고와 돌봄들이   280

웃음과 경멸로 바뀌게 하여

고마움을 모르는 아이를 가지는 것이

독사의 이빨보다 얼마나 더 통렬한가를

그년이 알알이 느끼게 하소서! 자 가자, 가자!   [퇴장]

올버니 저런, 우리가 경배하는 신들이여, 도대체 이것이 어인 일인가요?

285 **거너릴** 이유를 알려고 하지 말고 신경 쓰지 마세요.

　　　　망령 난 대로 아버지가 맘껏 성질부리도록 내버려 두세요.

　　　　　　　　　리어 다시 등장

　　리어 무엇이! 한꺼번에 내 시종의 50명을 줄였다고!

　　　　두 주 만에?

　　올버니 폐하, 무슨 일입니까?

　　리어 너에게 말하겠다. [거너릴에게] 제기랄!

290　　수치스럽구나.

　　　　네가 남자인 나를 이렇게 흔들어 놓을 힘이 있다니,

　　　　걷잡을 수 없이 떨어지는 이 뜨거운 눈물들이

　　　　너를 가치 있게 하다니. 광풍과 안개여, 너에게 불어 닥치기를!

　　　　아비의 저주의 구제할 길 없이 깊은 상처가

295　　너의 모든 감각에 파고 들어가기를! 늙은 어리석은 눈들아,

　　　　이 이유로 다시 운다면 너를 뽑아내어,

　　　　헛되이 흘리는 눈물과 함께

　　　　진흙을 축이도록 내던지겠다. 그래 이거였다?

　　　　맘대로 하거라. 나에겐 또 딸이 있다.

300　　내가 확신컨대, 걔는 친절하고 위안을 주는 애야.

　　　　걔가 이 이야기를 듣는다면, 손톱으로

　　　　네년의 여우 같은 상판대기의 가죽을 벗겨 놓을 거다.[58] 너 알아둬.

───────────────────

58. 이 극이 인간을 지칭하기 위해 기용하는 무수하게 등장하는 동물 심상(man-animal
　　image)의 예이다.

기필코 내가 영원히 내던졌다고 네가 생각하는

나의 위상을 나는 되찾을 거다!⁵⁹

[리어, 켄트와 시종들 퇴장]⁶⁰

거너릴 똑똑히 보셨죠? 305

올버니 거너릴, 딱히 내가 어느 편을 들 수는 없지만,

당신을 무척 사랑하기에 하는 말인데. ―

거너릴 제발이지, 가만히 좀 계세요. 오스왈드야, 이리 오너라!

[광대에게] 광대 양반, 바보라기보다는 악당, 냉큼 네 주인 따라가.

광대 리어 아저씨, 리어 아저씨! 잠깐만요, 310

당신 바보 데리고 가셔야죠.

여우 한 마리와

저런 딸년을 붙들게 될 때는

필히 도살장으로 끌고 가야지,

고깔모자로 밧줄을 살 수 있다면. 315

그러니 바보는 뒤쫓아 가야지.

거너릴 이자는 충고 제대로 받으셨구먼. 백 명의 기사라니!

---

59. 이것은 일종의 어린아이 협박(child's threat) 같은 것이기도 하다. "너 두고 봐! 후회할 거야"(You wait & see! You'll be sorry). 그러나 리어가 던지는 이 말은 상대방이 더 나아간 행동을 강행하도록 이끌기에 족하다. 리어는 결코 이 극에서 타인에게 고통당하는 수동적인 주인공(a passive protagonist)이 아니다. 리어는 강렬하게 능동적인 주인공으로서, 스스로 옵션을 선택하며 극의 움직임을 강행해간다.

60. 이제부터 리어는 밤과 폭풍 속으로 도주한다. 이제 한순간도 쉴 곳이 없을 것이고, 결국 거지의 움막으로 인도될 때까지 다른 문들도 또다시 그에게 닫힐 것이다. 변한 상황에 따라 그의 정체성(identity)도 변할 것이다. 이것은 자기 성에서 쫓겨난 왕이 결국 거지가 된다는 민담의 모티브(a folk-tale motif)이기도 하다.

완전히 무장한 백 명의 기사들을 계속 두는 것이야말로

정치적인 안전한 처사다 이거지. 그렇지, 꿈을 꾸던가,

320   무슨 소문을 듣거나, 공상에서, 불평거리가 생기거나, 조금만 맘에

안 들어도

저들을 등에 업고 망령을 발동시키고

우리의 생활을 자기 손아귀에 움켜쥐려 드니, 오스왈드야, 잘 들어!

올버니 당신 걱정이 너무 지나친 것 같소.

거너릴 너무 안심하는 것보다는 안전해요.

내가 우려하는 해를 제거하도록 놔두시지,

325   두려움에 사로잡혀 늘 떠느니. 나는 그분의 속셈을 잘 알아요.

그가 내뱉은 말을 죄다 동생에게 보내는 편지에 썼지요.

내가 그것이 부당하다고 일러줬음에도 불구하고

만일 걔가 아버지와 아버지의 100명의 기사들을 먹이고

재워주겠다면 —,

오스왈드 다시 입장

그래, 오스왈드야! 너, 동생한테 보내는 그 편지 다 썼느냐?

330 **오스왈드** 네, 마님.

거너릴 동료 몇 명 데리고 가거라, 자 말에 오르거라.

동생에게 내 개인적인 두려움에 대해 충분히 이르거라.

거기다가, 너 자신이 생각하는 이유를 곁들여서

더 확실히 해두거라. 자 가거라,

335   서둘러 돌아와야 한다. [오스왈드 퇴장] 저런, 저런,

그런 표정을 하면 못써요.

당신이 이리도 뜨뜻미지근하고 부들부들하니

비록 내가 정죄는 하지 않더라도, 실례지만,

당신은 해롭기 짝이 없는 그 유순함으로 인해 칭찬받기보다는

지혜의 결여로 훨씬 더 공격을 받을 만하시단 말씀이에요.

올버니 당신 눈이 얼마나 제대로 꿰뚫어 볼 수 있는지는 말할 수 없지만   340

더 나아지려고 애쓰다가, 흔히 우린 멀쩡한 것을 그르치기도 하지.

거너릴 아니, 정 그렇다면—

올버니 자, 결과를 두고 봅시다.   [퇴장]

5장

같은 성 앞의 궁정

리어, 켄트와 광대 입장

리어 이 편지를 가지고 글로스터⁶¹로 가거라.

내 딸이 이 편지를 읽고 묻는 것 외에는

네가 아는 어떤 것도 더 얘기하지 말라.

네가 부지런히 달려가지 않으면 내가 너보다 앞질러

거기 도착하게 될 거다.

5 **켄트** 폐하의 편지를 전달할 때까지는 잠도 자지 않겠나이다. [퇴장]

광대 사람의 뇌가 발꿈치에 있다면,

동상에 걸릴 위험이 없겠죠?⁶²

리어 암, 그렇지.

광대 그렇다면, 즐거워하세요. 아저씨의 지혜는

10 슬리퍼를 신기지 않아도 되겠으니까.

리어 하, 하, 하!

광대 아저씨 다른 딸이 아저씨를 친절하게 대해주는지를 보게 되겠지요.

비록 그 딸과 이 딸은 능금이나 사과만큼 비슷비슷하지만요.

---

61. 글로스터 백작의 영지가 자리한 글로스터 마을 이름을 지칭.

62. 발꿈치에 두뇌가 없음이 확실하네요. 있다면 아저씨 발은 현명할 것이고 둘째 딸이 크
게 다를 거라고 오판하고 리건을 찾아가는 어리석은 일은 안 할 테니까요.

	그런데 난 내가 알아볼 수 있는 건 말해 드릴 수 있어요.	
리어	얘야, 넌 무엇을 얘기해 줄 수 있다는 거냐?	15
광대	능금과 사과 맛만큼이나 그 딸이 이 딸과 비슷한 맛일 거란 거죠.	
	아저씬 사람의 코가 어째서 얼굴 한가운데 서 있는지를 알죠?	
리어	몰라.	
광대	눈을 코 양쪽에 두어서,	
	코가 냄새 못 맡는 걸 볼 수 있게 하려고 그런 거죠.	20
리어	난 그 애한테 잘못했어ㅡ	
광대	굴이 자기 집을 어떻게 만드는지 아세요?	
리어	몰라.	
광대	저도 몰라요. 하지만 난 달팽이가 어째서 집을 가지는지는 알아요.	
리어	어째서?	25
광대	저 그건 자기 머리를 집어넣기 위해서죠. 자기 딸한테 몽땅 줘버리고	
	뿔을 덮을 덮개도 없이 놔두지 않으려고요.	
리어	아비의 정을 잊어야지. 그렇게 착한 아비를!	
	내 말들이 준비됐느냐?	
광대	아저씨 바보들이 준비하러 갔어요. 왜 북두칠성이 일곱에	30
	불과한지는 뻔한 이치지요.	
리어	여덟이 아니니까?	
광대	바로 그거죠. 아저씨도 쓸 만한 바보가 되겠는데.	
리어	강제로 꼭 다시 찾아야지! 배은이란 끔찍한 괴물 덩어리	
	같으니라고!	
광대	아저씨가 내 광대라면 말이에요, 아저씨, 난 아저씨가	

때가 되기도 전에 늙어 버렸다고 아저씨를 패줬을 거예요.

리어   어째서?

광대   아저씬 현명해지기 전에 늙으시면 안 되었으니까요.

리어   오! 친절한 하늘이시여, 제가 미치지 않도록, 미치지 않도록
          도와주소서!⁶³ 제정신을 지켜주소서! 저는 미치지 않겠나이다.⁶⁴

신사 한 명 등장⁶⁵

40   그래, 말들은 준비됐느냐?

신사   준비되었습니다. 폐하.

리어   가자, 얘야.⁶⁶

광대   퇴장하는 날 보고 지금 낄낄대는 처자가 있다면,
          머지않아 처녀성을 잃게 될 거다.⁶⁷ 세상에서 거시기들이 다 싹둑

---

63. 하늘에 대한 리어의 이 첫 호소는 거의 기도에 가깝다. 그러나 이 극에서의 다른 모든
    호소, 기도, 명령들처럼 이 기도 역시 거부될 것이고, 리어는 미칠 것이다.
64. 1막이 끝날 무렵 리어는 자신을 지탱하던 정신의 고삐가 풀려나가고 있음을 지각하며
    자신의 내부에서 일어나는 균열의 소리를 듣는다. 그러나 그는 자신의 호소를 들어줄
    친절한 신이 존재한다고 믿으며 그 신을 향해 자신이 미치지 않게 해달라고 외친다.
    "O let me not be mad, not mad, sweet heaven!"(1.5.39).
65. 단수이다. 그러나 남겨진 이 한 명조차 리어의 동행에서 제외될 것이다.
66. "Come, boy." 리어가 가자고 부르나, 실은 광대가 안내자로서 이 노인을 앞장서서 나
    선다. 딸들에 대한 리어의 분노가 자신에 대한 후회로 집중될수록, 광대에 대한 부드
    러움이 증대되어 간다. 이제 다시는 채찍의 위협을 말하지 않을 것이다.
67. 그런 처자들은 리어가 비극의 길에 들어선 것조차 간파하지 못하고 광대가 등·퇴장
    할 때마다 그의 익살에 단순히 깔깔거리는 것밖에 할 줄 모르는 바보들이니, 자기 처
    녀성을 제대로 간수할 줄도 모를 테니까. 광대가 청중을 향해서 하는 이 말은 무대에

잘려버리지 않는 한.   [퇴장]

서 일어나는 것에 단순히 몰입하고 있는 관객을 흔들어 깨우며, 거리를 두고 연극 전
체를 관조하도록 조망을 제공한다. 이러한 기법은 훗날 브레히트(Brecht)가 본격적으
로 기용하는 소격(alienation) 효과의 모델을 제공하고 있다.

2막

1장

글로스터 백작의 성 내부의 한 궁정

에드먼드와 큐런이 등장, 만난다.

에드먼드 안녕한가, 큐런.

큐런 도련님도요. 이제껏 저는 아버님과 함께 있었는데
아버님께 콘월 공작님과 리건 님께서 오늘 밤 이리로 오신다는
전갈을 드렸습니다.

에드먼드 어떻게 된 건가?

5 **큐런** 저도 모르는 일입니다만, 떠도는 소문 들어보셨는지요?
귀에 입 대고 하는 귓속말로 전해지는 비밀 이야기이긴 합니다만.

에드먼드 아니, 부디 말해 주게, 무슨 얘기인가?

큐런 콘월 공작님과 올버니 공작 사이의
전쟁 가능성에 대해서 들으셨는지요?

10 **에드먼드** 전혀.

큐런 곧 들으시게 될 것입니다. 안녕히 계십시오. [퇴장]

에드먼드 공작이 오늘 밤 여기에 온다! 더 잘됐군! 최고야!
이거야말로 내 사업에 꼭 들어맞는단 말씀이야.

에드거 입장

나의 부친은 내 형을 잡으라고 경비를 붙여놨지.

그런데 내가 행동 개시는 해야겠는데, 난처한 문제가 한 가지   15
있단 말이야.

재빠름과 행운이여, 작용하소서!

　　　에드거 입장. 위에서 등장해서 아래로 들어온다.[68]

형, 한 마디만. 내려오세요, 형, 어서요!

아버지가 지켜보고 있어요. 오 여기에서 도망가세요.

형이 숨어 있는 곳이 알려졌대요.

이제 밤을 이용하셔야겠어요.   20

형이 콘월 공작에 대해 나쁘게 얘기한 적 있어요?

그분이 이리로 오고 계신대요. 지금, 이 야밤에, 서둘러서,

리건 님과 함께. 형, 올버니 공작에 대항하여 콘월 공작이 조직한

그 당파에 대하여 나쁘게 말한 적 있어요?

잘 생각해 보세요.   25

에드거 확신컨대, 한마디도 한 적 없어.

에드먼드 아버지가 오시는 소리가 들려요. 용서하십시오.

가장하기 위해[69] 부득이 형께 칼을 빼 들어야겠어요.

칼을 빼시오. 방어하는 척하십시오, 자 잘 싸우십시오.   30

항복하시오, ─아버지 앞에 나오시오. 횃불을, 호! 여깁니다!

형, 달아나세요. 횃불을! 횃불을! 그럼, 안녕히 가세요.

─────────────────────────────
68. 이것은 위에서 아래로 추락하는 에드거의 운명을 시각적 심상으로 제공한다.
69. 형과 공모하고 있다고 보이지 않기 위해.

[에드거 퇴장]

내 몸에 이렇게 피를 묻히면 내가 얼마나 무섭게 싸웠는지
보여주면서 점수를 더욱 따게 될 거야. 난 술주정뱅이들이
재미로 이보다 더한 짓도 하는 것을 본 적이 있어.

35   [자신의 팔에 상처를 낸다.]

그만! 누구 없어요?

글로스터와 횃불을 든 하인들 등장

글로스터 그래, 에드먼드야, 그 악당은 어디 있느냐?

에드먼드 여기 이 어둠 속에 서서 뾰쪽한 칼을 빼 들고
사악한 주문들을 읊조리며 달을 향해서
자기의 여신이 되어 자기편이 되어 달라고 중얼거리고 있었습니다.

40 **글로스터** 그런데 그 악당은 어디 있느냐?

에드먼드 여기 좀 보십시오. 피가 나고 있어요.

글로스터 에드먼드야, 그 악당은 어디 있느냐?

에드먼드 이쪽으로 달아났습니다.

글로스터 여봐라, 그를 추격해라! 뒤쫓아 가.   [몇 명 퇴장]

에드먼드 도무지 형님은 아버님을 살해하도록 저를 설득할 수 없었고,
45   대신 저는 형님에게 말했지요. 저 복수하는 제신들은
부친 살해자들에게 모든 벼락을 내릴 것이라고.
그리고 자식은 아버지에 대해서 얼마나 여러 겹의 강력한 끈으로
매여져 있는지를 말했지요.
형님은 자신이 도모하려는 불충한 계획에 대해

제가 얼마나 혐오감을 가지고 반대하는가를 보고는   50
준비된 칼을 칼집에서 빼내어 사나운 돌격을 가하며
무방비 상태의 제 몸의 급소를 습격해 왔고, 제 팔을 찔렀습니다.
그러나 옳은 명분으로 담대하게 싸우는
분기충천한 저의 기상을 보고 놀랐는지,
아니면 제가 소리를 지르자 놀랐는지,   55
갑자기 달아났습니다.

글로스터   멀리 달아나라지.
이 영국 땅에서 그놈은 절대로 붙들리지 않고는 못 배길 거다.
눈에 띄었다 하면—사형이다. 나의 최고의 후원자이시고
주군이신 공작님께서 오늘 밤 오시니
그분의 권위를 업고 나는 포고령을 발표하겠다.   60
그놈을 발견하여
저 살육적인 비겁함을 형장으로 끌고 오는 자는 마땅한 나의
　보상을 받을 것이고,
그놈을 감춰주는 자는 사형이라고.

에드먼드   형님의 계획을 막으려고 설득하려 해도,
형님이 완강하게 이행하기로 작정한 것을 발견한 저는 언성을 높여서   65
누설하겠다고 협박했습니다. 그랬더니 형님은 이렇게 대답했습니다.
'상속도 못 받을 서자 녀석아! 그래
내가 너에게 공격했다 한들, 사람들이
너를 신용하고 네 덕이나 가치를 인정해서
네 말을 믿을 것이라고 넌 생각하느냐? 천만에. 부정할 수밖에 없지.   70

이것을 부정할 나 자신처럼 말이야. 그래, 설령 네가

나의 필적을 제시하며 내가 썼다고 할지라도, ─ 나는 그 모두가

네가 유혹하고, 음모하고, 정죄할 만한 배반적인 행위를

간교하게 꾸민 것이라고 네 녀석에게 뒤집어씌워 줄 수가 있어.

75   나의 죽음이 너에게 줄 이득이

너로 하여금 나를 파멸하도록 도모할

명백하고도 강력한 유혹이 된다는 것을 사람들이 모를 거라고

   생각한다면

너는 세상 사람들을 바보로 아는 것이지.'

글로스터 지독한 악당 놈!

그놈이 자기가 쓴 편지를 부인해? 난 그런 놈을 낳은 적이 없다!

들어봐! 공작님의 행차를 알리는 나팔 소리다. 왜 오시는지 모르겠군.

80   모든 항구를 봉쇄하겠다. 그 악당 놈은 절대 못 빠져나갈 것이다.

공작님은 나에게 그렇게 하도록 허락하실 거다. 게다가

원근 각처에 그놈의 초상을 뿌려서 온 왕국이

그놈을 알아보게 해야겠다. 그리고 나의 영토에 대해 말하자면

충성스럽고 참된 아들아, 네가 상속받을 수 있도록

85   모든 수단을 강구할 것이다.

콘월, 리건과 시종들 등장

콘월 여보게, 고귀하신 친구! 내가 이리로 오는 길에 ─

이제 금방이라고 말해야겠는데 ─ 난 기이한 소식을 들었네.

리건 그것이 사실이라면, 저 범법자를 추격할

어떤 복수들도 너무도 모자란다고 하겠어요.

글로스터 오! 마님, 제 늙은 심장이 터집니다, 터집니다.   90

리건 뭐라고요! 우리 아버지의 대자가 경의 목숨을 노렸다고요?
우리 아버지가 이름을 지어줬던 그자가요? 당신 아들 에드거가
말이지요?

글로스터 오! 마님, 마님. 망신스러워서 말도 못 하겠습니다.

리건 그자는 우리 아버지를 섬기는 저 난폭한 기사들과
한 패거리가 아니었던가요?   95

글로스터 모르겠습니다. 암튼 너무 고약해요, 너무 고약해요.

에드먼드 그렇습니다. 한패였습니다.

리건 그렇다면 그가 악한 생각을 갖게 된 것이 놀라운 일이 아니군요.
노인의 세입을 마음대로 소비하려고 그자를 죽이도록 부추긴 것도   100
저들이에요.
저는 오늘 저녁에 언니로부터
저들에 대해서 충분히 듣게 됐어요. 그리고
저들이 우리 집에 묵으러 오게 될 때는 내가 집에 있지 말라는
주의까지 들었지요.

콘월 리건, 나도 분명히 같은 생각이오.
에드먼드, 자네가 부친에게 극진한 효도를   105
했다는 소식을 들었네.

에드먼드 그저 저의 임무를 했을 뿐입니다. 공작님.

글로스터 이 아이가 형의 음모를 드러내 줬지요. 그리고 보시다시피,
형을 붙들려고 싸우던 중에, 이렇게 상처를 입었습니다.

콘월 그자는 수배 중인가?

글로스터 네, 그렇습니다.

110 **콘월** 그자가 잡히기만 하면

다시는 더 이상 해를 끼칠 우려를 하지 않아도 되네. 자네의
목적 달성을 위하여

나의 권위와 재력을 마음대로 이용하시게. 에드먼드,

지금이야말로 자네의 그 효성과 순종심이 아주 긴요한

시점이므로, 앞으로 자네를 짐의 심복으로 삼겠네.

115 그렇게 깊이 신뢰할 만한 사람들이야말로 짐이 대단히

필요로 하는 자들이지.

짐은 자네를 첫 번째로 선택하겠네.

에드먼드 부족합니다만, 성심껏

공작님을 섬기겠습니다.

글로스터 이렇게 이 아이를 받아주시니 성은에 감사드릴 뿐입니다.

콘월 자네는 우리가 왜 자네를 이렇게 방문했는지 이유를 모르지 ―

리건 이렇게 때 아닌 때에, 어두운 밤을 타고,[70]

120 고귀하신 글로스터 님, 저희는 어떤 중대한 사건들에 관해서

당신의 고견을 필요로 하고 있어요.

---

70. threading dark―ey'd night: 여기서 eye는 바늘의 eye로서 밤의 눈을 실로 꿰듯이 밤
을 타고 온다는 표현은 전적으로 여성적인 표현이다. 16행에 걸치는 긴 침묵 끝에 리
건이 입을 열었을 때 그녀는 119행에서도 보이듯 다분히 부드럽고(kindly) 다정하고
여성적인(feminine) 언어를 구사하고 있다. 밤의 어둠 속에 서 있는 건장하고 잘생긴
젊은 남자인 에드먼드의 팔뚝에서 흘러나오는 선혈을 응시하며 리건은 순간적으로 강
하게 성적으로 이끌리며 말을 잃었을 것이라는 해석도 있다.

아버님도 언니도 두 분이 싸운 내용에 대해 각기 편지를 보내왔는데,
저는 집에서 떠나서 다른 곳에서 답신을 보내는 것이
가장 적합하다고 생각했어요. 각각의 사자들이
이곳에서 답신을 기다리며 대기하고 있어요. 좋은 정든 친구여,   125
더 이상 슬퍼하지 말고 위안을 찾으세요. 그리고
우리의 일에 대해서 당장 필요한
당신의 긴요한 충고를 아끼지 말아 줘요.

글로스터 저의 충성을 다해 섬기겠나이다.

잘 오셨습니다. 환영합니다.   [퇴장]

2장

글로스터의 성

켄트와 오스왈드 각각 입장

오스왈드 친구여, 좋은 새벽! 당신 이 집 사람이오?

켄트 그렇소.

오스왈드 말들을 어디에 둘까요?

켄트 시궁창에.

5 **오스왈드** 그러지 마시고, 저를 사랑한다면 얘기해 주시지요.

켄트 난 자네를 사랑하지 않아.

오스왈드 그럼, 저도 상관 않겠소.

켄트 내가 네 녀석을 립스베리 짐승 울 속에 가둬놨다면,

자네가 날 상관하게 만들었을걸.

10 **오스왈드** 절 왜 이렇게 대하는 거요? 당신을 알지도 못하는데.

켄트 난 네놈을 알아.

오스왈드 저를 어떤 자로 알고 있는데요?

켄트 악당, 불한당, 찌꺼기 고기 부스러기나 먹고사는 놈,

천박하고 우쭐대고 경박하고 거지 같은, 1년에 옷 세 벌짜리 하인 놈,

15 연 수입이라곤 백 파운드밖에 안 되는 놈, 더러운 털양말[71]밖에

---

71. 신사 계급은 비단 양말을 신었던 반면, 서민들은 털 양말을 신었다.

못 신는 놈,

　간이 백합같이 새하얀[72] 겁쟁이 놈, 소송질이나 하는 놈, 후레자식,

　석경이나 들여다보는 놈

　주제넘게 구는 놈, 소소한 일에 까다로운 놈,

　재산이라고는 한 트렁크밖에 안 되는 노예 놈,

　주인을 섬긴답시고 뚜쟁이 노릇이나 하는 놈,

　네놈은 악당, 거지, 겁쟁이, 뚜쟁이, 잡종 암캐 자식의 집합체다.　　20

　네게 붙여 준 이름들에서 네놈이 한 자라도 부정한다면

　네놈을 두들겨 패서 엉엉 울게 만들 테다.

오스왈드　이런 괴물단지 같은 친구 보게나. 널 알지도 못하는 자에게

　이렇게 욕지거리를 하다니!

켄트　이런 철면피 같은 자식 같으니라고. 네놈이 날 모른다고?　　25

　내가 왕 앞에서 네놈의 다리를 걸어서 두들겨 패준 것이

　이틀밖에 안 됐는데도? 칼을 빼, 건달 놈아,

　비록 밤이지만, 달이 비치고 있다. 내가

　칼로 네놈을 숭숭 뚫어서 달빛에 흠뻑 젖게 해주마. [칼을 빼면서]

　칼을 빼 이 후레자식아, 이발소나 뻔질나게 드나드는 야비한 건달 놈　　30

　칼을 빼라니까.

오스왈드　저리 가세요! 난 당신과 볼 일 없어요.

켄트　칼을 빼, 이 악당 놈. 네놈은 왕에게 반역하는 편지를 갖고 왔지.

　허영의 꼭두각시[73] 편을 들고서 부왕에 반기를 드는 놈.

---

72. 당대에는 용기의 자리는 간에 있고 겁쟁이일수록 간이 희다고 보았다.

73. 허영(Vanity)은 6세기경 영국의 도덕극에 자주 나오는 인물로서 꼭두각시 인형극으로

칼을 빼라, 이 악당 놈아, 그렇지 않으면 생선회 뜨듯이
35   네 살집을 저며 줄 테다.

오스왈드 사람 살려, 호! 살인이야! 사람 살려!

켄트 덤벼라, 이 노예 자식아. 거기서, 악당 놈, 서라니까.
철두철미 노예 놈아, 덤벼.   [그를 때리며]

오스왈드 사람 살려, 오! 살인이야! 살인이야!

에드먼드가 자신의 가늘고 긴 뾰족한 칼을 빼 들고 입장

40   **에드먼드** 이봐, 무슨 일이냐?   [그들을 갈라놓으며]

켄트 잘나신 애송이, 원한다면 상대해주지. 자,
내가 자네에게 싸움의 맛을 보여줄 테니, 덤벼보시지, 젊은 양반.

콘월, 리건, 글로스터와 하인들 입장

글로스터 무기들이라니! 무장까지 하고! 도대체 무슨 일인가?

콘월 목숨이 아깝거들랑, 멈춰라.

45   또다시 덤비는 자는 죽을 줄 알라. 무슨 일이냐?

리건 언니와 왕으로부터 온 사신들이군요.

콘월 싸움의 발단이 무엇이냐? 말하라.

오스왈드 공작님, 숨도 못 쉴 지경입니다.

켄트 어련하시겠나. 용기를 그리도 발휘했으니.

50   이 비겁한 악당 놈, 자연은 널 만들지 않았다고 부정하는구나.

많이 상연되었다. 켄트는 여기에서 거녀릴을 지칭하고 있다.

　　　　양복쟁이[74]가 널 만들었지.

콘월　네놈은 기이한 놈이군.

　　　　양복쟁이가 사람을 만든다고?

켄트　네. 양복쟁이가요. 공작님. 석수나 화상이

　　　　그 업종에 종사한 지 두 시간밖에 안 된 자일지라도　　　55

　　　　저렇게 못 만들 수는 없었을 테니까요.

콘월　말하라. 싸움이 어떻게 일어났느냐?

오스왈드　이 늙은 불한당 놈이 말입니다. 공작님, 그 녀석의

　　　　회색 수염이 불쌍해서 목숨을 살려주었더니 —

켄트　Z자[75] 같은 후레자식 놈! 하등 쓸모없는 철자 같은 놈!　　　60

　　　　공작님, 저에게 허락해주신다면, 저는 이 채에 치이지 않은

　　　　이 철저한 악당 놈으로 회반죽을 해서 변소 벽을 바르겠습니다.

　　　　내 회색 수염을 봤겠다고, 이 할미새[76]같은 놈아.

콘월　얘야, 닥치라고 그랬다!

　　　　이 짐승 같은 악당 녀석, 너 어느 어전인지 알고 있느냐?　　　65

---

74. 해상무역이 활발했던 당시 양모 수출을 통해 신속하게 회수되는 수익에 재미를 본 영
　　국 정부는 관리를 파견하여 농토에 줄을 둘러 농사를 금하고 양을 방목하기 위한 용도
　　로 쓰도록 규제하는 토지 매입 운동(land-enclosure movement)을 확대해갔다. 양 목축
　　과 양모 산업이 이렇게 장려되는 과정에서 농부는 농사할 땅을 잃었던 반면 양복쟁이
　　는 돈을 벌었다. 셰익스피어 극에서 발견되는 양복쟁이에 대한 경멸은 이들에 대한 당
　　대 일반 민중들의 증오를 반영한다.

75. Z는 사실상 별로 필요 없는 철자. 그 발음은 대개 S로 표현되므로.

76. 오스왈드가 겁에 질려 가만히 서 있지를 못하는 모습은 불안한 듯 우스꽝스럽게 몹시
　　몸을 움직이는 할미새(wagtail)를 닮았다. 이러한 할미새는 아첨하는 놈에 비유되기도
　　한다.

켄트 잘 압니다. 각하. 그러나 분노는 특권이 있습니다.

콘월 왜 화가 났느냐?

무엇이 옳은지 아무것도 모르고 존경할 만한 자질은 전혀 없는

이렇게 형편없는 노예 녀석이 칼을 차고 있다니.

언제나 실실 웃는 이런 아첨쟁이 건달 놈들은,

70   해체하기에는 너무도 강력하게 얽혀 있는

신성한 혈육의 결속조차 쥐새끼들같이 둘로 잘라 놓기가 일쑤지요.

    그들의 주인의

반역하는 마음이고 뭐고 할 것 없이 모든 감정에 따라 아첨질을 하고,

불에는 기름을, 보다 차가운 분위기에는 눈을 가져오며,

부인했다가, 긍정했다가, 바람 부는 대로 주둥아리를 돌리는

75   물총새처럼 주인의 바람과 기분이 변하는 대로

개처럼 주인만 따라 하는 것밖에는 아무것도 모르는 놈이지요.

간질병 발작이 난 것 같은[77] 네놈의 상판대기에 염병이나 쏟아져라!

내 말에 웃어? 내가 널 웃기려고 하는 광대로 아느냐?

이 거위 새끼야,[78] 쌔럼 평원에서 너를 만났다면

80   캠럿까지 꽥꽥 소리치며 달아나게 해주었을 테다.

콘월 무엇이라고! 너 미쳤구나, 늙은 녀석아.

글로스터 어째서 싸우게 됐는가?

---

77. 오스왈드가 아직도 겁에 질려 떨고 있으면서 애써 태연한 척 웃으려고 애쓰고 있는 모습이 마치 간질병 발작이 난 것 같은 얼굴을 하고 있다.

78. 오스왈드가 억지로 웃는 웃음소리는 켄트에게 거위를 연상케 하였다. 쌔럼(Sarum: Salisbury의 옛 이름)은 거위 사냥으로 유명한 곳이고, 캠럿(Camlet)은 아서왕의 궁전이 있었던 터로 이 근방에 거위 떼들이 서식했다고 전해진다.

켄트 저와 저런 악당 놈 간에는 천하에 그런 상극이 없습니다.

콘월 어째서 너는 저자를 악당이라고 부르느냐?

그자의 잘못이 무엇이냐?   85

켄트 저자의 얼굴이 마음에 들지 않습니다.

콘월 그렇다면 아마도 내 얼굴도 그자의 얼굴도 내 마누라의 얼굴도

마음에 들지 않겠구먼.

켄트 공작님 제 본업은 정직이라서 말씀드립니다만,

제가 이제까지 보아온 어떤 어깨 위에 얹어진 얼굴들도

지금 이 순간 제 앞에 보이는 얼굴보다도   90

나은 얼굴들이었습니다.

콘월 이놈 참 별종이군.

솔직하다고 칭찬을 받으면, 우쭐해져서 일부러 거칠게 굴면서

제 천성에 맞지 않는 짓거리를 억지로 벌이는 놈이지.

'저자는 아부를 못 해, 저자는 정직하고 솔직해서 진실밖에 말을   95

  못 해,'

그렇게 사람들이 받아들이면 좋은 거고, 받아들이지 못하면

  그자가 솔직해서 그런 거고.

이런 부류의 악당 놈들에 대해서 난 잘 알아. 이렇게 솔직하다는

  탈을 쓰고

오히려 더 간교하고 더 흉측한 계획들을 품고 있는 놈들이지.

우스꽝스럽게 굽실굽실 아첨하면서 지나치게 꼼꼼히 맡은바

  임무를 수행하는

스무 명의 시종 녀석들보다도 말이야.   100

켄트 각하, 진실로, 저의 충정을 다하여 말씀 올리나이다,

그 후광이 찬란한 태양신 아폴로의 이마 위에 빛나는

눈부신 불길의 화환 같으신

거룩하신 어전에 엎드려 —

105 **콘월** 이게 무슨 수작이냐?

켄트 공작님이 너무도 싫어하시는 제 말투에서 한번 벗어나 봤습니다.

저는 제가 아첨꾼이 못 된다는 것을 압니다. 솔직한 말투에 담아서

공작님을 기만한 놈은 진짜 악당 놈입니다. 저로서는 결코 그런

놈은 되지 않을 겁니다. 비록 그렇게 되어보려고 하다가 공작님의

불쾌를 사긴 했습니다.

110 **콘월** 네가 그자를 거스르게 한 것이 무엇이냐?

오스왈드 전 아무 짓도 안 했습니다.

최근에 저자가 제 행동을 오해하고는

저를 때린 것이 왕을 기쁘게 한 적이 있었는데

그때 그자는 왕 편을 들어서 왕의 역정에 맞장구치며 아부하려고

115 뒤에서 제 발을 걸었습니다. 제가 쓰러지고 모욕을 당하자

의기양양해서 영웅이나 된 것 같이 우쭐해졌지요.

이 일로 점수를 따고 왕의 칭찬을 받게 되자

첫 번째 성공에 흥분으로 야기된

그자는 일부러 져주고 있는 저를 공격하려고

120 저를 향하여 다시 칼을 이렇게 빼 들게 되었습니다.

켄트 이런 악당들과 비겁한 겁쟁이 놈들은

에이젝스[79]까지도 무색하게 하며 바보 천치로 만드는군.

콘월   발 족쇄를 가져오너라!

이 고집불통 늙은 악당 놈, 머리가 허연 허풍쟁이 놈 같으니라고,

짐이 네 녀석을 가르쳐 주겠다.[80]

켄트   공작 각하, 저는 배우기에는 너무 늙었나이다.

저를 위해서 발 족쇄를 가져오라고 하지 말아주셨으면 합니다. 저는

왕을 섬기는 자입니다. 저는 왕의 심부름으로 공작님께   125

  파견된 몸입니다.

그분의 사신의 발에 족쇄를 채우신다면

저의 주인이신 왕의 권위에 대해서도 왕께 인간적으로 대항하는

불경을 저지르고, 너무도 대담한 악의를 드러내는 것이 분명하게 될

것입니다.

콘월   발 족쇄를 가져오너라! 내가 목숨과 영예를 가지고 있는 한 단연코

저자는 정오까지 그것을 차고앉아 있으렷다.   130

리건   정오까지! 아니 밤까지, 밤새도록요!

켄트   아, 제가 아버님의 개일지라도,

저를 이렇게 대해서는 아니 되십니다.

리건   아버지의 악당이니, 난 그리 대할 것이다.

콘월   이자는 처형이 이야기하는 바로 그런 부류의 놈이다.

자, 족쇄를 내오거라.   [발 족쇄가 끌어내진다.]   135

---

79. 『트로일러스와 크레시다』(*Troilus and Cressida*)에서 보이는 것처럼, 에이젝스(Ajax)는
    잽싸지 못한 무사의 유형으로, 영리한 악당 테르씨테스(Thersites)와 대조된다.
80. 무시간적인 이 말은 여기에서 아이러니(irony)를 짙게 함축한다. 이 말이 젊은 사람에
    게서 보다 연장자에게 던져지고 있으므로.

글로스터 각하, 그리하지 마시기를 간곡히 청원 드립니다.

저자의 잘못이 크다면, 그의 주인이신 훌륭하신 왕께서

그 잘못을 책하실 것입니다. 의도하시는 수치스러운 벌은

좀도둑이나 극히 비천한 범인들에게나 어울리는 가장 천하고

140   야비한 벌입니다. 왕께서는 이를 좋지 않게 받아들이실 것이

틀림없습니다.

자신의 사신이 이렇게 홀대받는 것은

왕 자신께서 족쇄에 묶이신 것 같이 말입니다.

콘월 내가 그 책임은 지겠다.

리건 언니가 언니의 일로 일부러 온 자기 사람이

145   공격을 받고 당한 것을 알게 되면 훨씬 더 나쁘게 받아들일

거예요. 저자의 발에 씌워요.   [켄트의 발에 족쇄가 채워진다.]

자, 가요.   [글로스터와 켄트만 남고 모두 퇴장]

글로스터 자네 유감이네, 친구. 공작이 원하는 것이니 어쩌겠나.

온 세상이 다 잘 아는 대로 공작의 성미는

150   아무도 못 말리고 또 막을 수가 없다네. 허나 당신을 위해 내

청원해 보리다.

켄트 부디 그러시지 마십시오. 저는 열심히 달려오느라고

밤을 꼬박 새웠습니다. 잠을 자든가 자지 않는 시간엔

휘파람이나 불겠습니다. 선한 사람의 행운일지라도

발뒤꿈치가 닳아 버리듯 기울어질 수 있지요.

신이 좋은 아침을 선사하시기를!

155 **글로스터** 이것은 공작님이 잘못하신 처사야. 왕께서 좋지 않게 받아들이실

거야.   [퇴장]

켄트   좋으신 왕이시여, 기어이 격언을 입증하시는군요.

서늘한 좋은 그늘을 버리고 뜨거운 햇빛을 택해 나오는 것은

하늘의 축복으로부터 벗어나는 것임을.

그대 태양이여, 다가오시어 이 지상을 비추어 주소서.

위안을 주는 그대의 빛으로 내가 이 편지를   160

자세히 읽을 수 있도록. 불행을 겪은 자만이

기적을 체험할 수 있지. 난 이 편지가 코딜리어 님으로부터

  온 것을 알아.

그분은 다행스럽게도 변장한 나의 행로에 대해

아시게 되었고 기회를 찾아

정상 궤도로부터 엄청나게 이탈한 이 나라를 곤경에서 구출하고   165

바로잡아 보려고 하시지. 완전히 지치고 밤을 지새웠으니,

무거운 눈이여, 이 기회를 잡아 눈을 감고

이 수치스러운 잠자리를 보지 마시게.

행운의 여신이여, 안녕히 주무시오. 그리고 한 번 더 미소를

  보내주시고,

그대의 수레바퀴를 돌려주소서!

                                                   [그가 잠든다.]

3장

황야의 어떤 곳

에드거 등장

에드거 내가 지명수배 대상으로 선포된 것을 들었다.

다행스럽게도 마침 나무 구멍이 있어 추적을 피할 수 있었지.

어떤 항구도, 어떤 장소도, 나를 체포하려고 보초와

가장 삼엄한 경비의 감시망이 대기하고 있지 않은 곳은 없구나.

5   내가 도망할 수 있는 동안이

내가 목숨을 보전할 수 있는 기간이구나.

여태껏 인간의 궁핍한 상태가 도달할 수 있는

인간 존재를 가장 경멸스럽게 만드는

짐승에 가까운 가장 천박하고, 가장 불쌍한 모습을 취해야겠다.

얼굴은 더럽혀서 검게 만들고

사타구니는 담요 조각으로 가리고, 머리칼은 헝클어뜨려서

10   온통 덩어리로 뭉쳐진 꼴로 만들어야지.

드러난 알몸으로

바람과 하늘의 세찬 압박들을 도전하는 거다.

우리나라엔 베들렘 거지들[81]의

---

81. 당대에 런던 외곽에 Bethlehem Hospital이라는 정신병원이 있었고, 종종 이 병원 담

선례가 있지. 그 자들은 짐승같이 포효하며

핀이나, 나무 꼬챙이나, 못이나, 뾰족한 로즈메리 가지로   15

자신의 무감각해진 맨살이 드러난 팔을 찔러대지.

이런 무서운 모양으로 가난한 농가들과,

보잘것없는 작은 마을들과, 양 우리와, 물방앗간을 전전하지.

때로는 미치광이의 저주를 퍼붓고, 때로는 기도를 읊조리며,

적선을 강요하지. 불쌍한 털리굿![82] 불쌍한 톰!   20

내가 이 호칭으로 존재하는 한 아직 희망이 있지.

그러나 나 에드거는 무[83]일 따름이야.   [퇴장]

을 넘은 정신병자들은 돌아다니며 동냥으로 연명하는 거지가 되었다. 이들은 자칭 타
칭 불쌍한 톰(poor Tom)으로 통칭되었다.

82. Poor Turlygood! poor Tom!

83. 이제 에드거는 무(nothing)이다. 이 세상에서 존재하기 위해서 에드거는 철저히 그 자
신의 존재가 비워져서 nothing이 되어야 한다. 이제 에드거는 벌거벗은 상태로 다시
태어나, 혹심한 세상(harsh world) 속으로의 긴 여정을 시작할 것이다. 2막 3장을 구성
하는 에드거의 독백은 이후 리어가 겪을 경험을 미리 말해 준다. 에드거의 벌거벗기
(stripping)는 앞으로의 리어 벌거벗기(stripping)와 동일시될 수 있다. 리어의 대자
(godson)인 에드거는 이 극을 구성하는 두 개의 이야기 줄거리(plots)를 함께 엮는 핵
심 인물(linchpin)로서 극 속에서 주요한 구조적 기능을 담당한다.

4장

글로스터의 성 앞

발이 족쇄에 채워진 켄트,
리어, 광대, 한 명의 신사 등장

리어 저들이 저렇게 집을 떠나고,

내 사신을 되돌려 보내지 않는 것은 기이하군.

신사 제가 알기로는 지난밤까지도

그분들은 이렇게 집을 떠나실 의사가 없으셨다 합니다.

켄트 안녕하십니까? 고귀하신 주인님!

5 **리어** 하! 너 이런 수치스러운 꼴을 오락으로 삼느냐?

켄트 아닙니다. 주인님.

광대 하! 하! 저자는 아주 거친 털실 대님을 매고 있네요.

말들은 머리로 묶고, 개와 곰은 목으로 묶고, 원숭이는 가랑이로

묶고, 사람은 발로 묶는다 이거죠. 사람이 다리를 너무

10 혈기 왕성하게 쓰다 보면 나무 양말을 신게 되지요.

리어 너를 여기 이렇게 묶어둘 만큼 너의 지위를 그렇게 오해한 자가

누구냐?

켄트 그분과 따님이십니다.

폐하의 사위와 따님이십니다.

리어 아니야.

켄트 그렇습니다.   15

리어 아니야.

　　　단연코, 아니야.

켄트 단연코, 그렇습니다.

리어 아니야, 아니야. 저들이 그럴 수가 없어.

켄트 그렇습니다. 그분들이 그러셨습니다.

리어 주피터에 걸고 맹세컨대 아니야.   20

켄트 주노에 걸고 맹세컨대 그렇습니다.[84]

리어 저들은 감히 못 그러지.

　　　저들은 그럴 수도 없고, 그러지도 않았어. 이것은 살인보다

　　　더 고약한 거야. 일부러 저런 포악한 몹쓸 짓을 감행한다는 것은.

　　　냉큼 설명해보아라. 저들이 부과했건 어떻든 간에

　　　어떻게 해서 짐이 파견한 네가 이런 대우를 받아 마땅한지를.   25

켄트 주인님, 저분들의 성에 당도하여

　　　제가 폐하의 편지를 전달해드리고서 저의 임무대로 경례하려고

　　　무릎을 꿇고 있던 그 자리에서 일어나기도 전에, 땀으로

　　　김이 무럭무럭 나는

　　　사자가 당도했습니다. 성급히 온다고 땀에 범벅이 되어 반은   30

　　　 숨이 차서 껄떡이면서

---

84. 극작가 셰익스피어는 그의 인물들이 기독교 신이 아닌 이교도의 신을 불러내도록 각
　　별히 신경 쓰는 듯하다. 이 극이 놓이는 시대는 기독교 시대 훨씬 이전의 신화시대로
　　설정된다. 등장인물들은 때로 보다 원초적인 원시 자연인의 양상을 보여준다.

그자의 주인마님인 거너릴의 인사와
편지를 전했는데, 새치기했음에도 불구하고,
그분들은 그자의 편지를 즉각 읽었습니다. 그 내용에 따라서
그분들은 그들의 하인들을 소집하더니 곧장 말에 올라타고는
35   나에게 따라오라고 하며 답변할 틈을 낼 때까지
대기하라고 하고는 나에게 차가운 눈길을 던지는 것이었습니다.
다른 사자인 저자를 여기서 만나고 보니,
그자의 환영이 나의 접대를 망가뜨린 걸 간파한 저로서는ー
게다가 바로 그자가 최근에
40   폐하에 대항하여 아주 건방지게 굴었던 놈인지라ー
분별보다는 용기가 앞서는 기질을 타고난 저는 칼을 빼 들게
     되었습니다.
그랬더니 저놈은 울며불며 소리 지르며 집안을 온통 들었다
     놓았습니다.
폐하의 사위와 따님이 저의 범행은 제가 지금 치르는 이 치욕에
합당하다고 판단하셨습니다.

45 **광대**   들거위가 저쪽으로 날아가는 것을 보니
겨울은 아직 안 끝났구나.
누더기를 걸친 아버지들에게는
자식들이 모르는 척,
그러나 돈주머니를 찬 아버지들에게는
50   자식들이 상냥하지요.
운명의 여신은 철두철미 창녀,

가난뱅이들에게는 절대 문을 안 열어주지요.

그런데 이 모든 일로 인하여 당신은 따님들 덕분에

일 년이 걸려야 셀 수 있는 만큼의 슬픔을 겪게 되실 거예요.

리어 오! 부풀어 오르는 이 히스테리 뭉치가 가슴으로 올라오는구나.   55

자궁 저 속의 고통[85]이여! 내려가라, 너 치받쳐 올라오는 슬픔의

덩어리야!

너 있을 곳은 저 아래다. 그래 이 딸은 어디 있느냐?

켄트 여기 안에, 공작님과 함께 계십니다.

리어 나를 따라오지 말고, 여기에 있거라.   [퇴장]

신사 당신이 말한 것 이상의 잘못은   60

범하지 않았단 말씀이요?

켄트 그게 다요.

왕께서는 어떻게 해서 저다지도 적은 숫자의 수행원과 오시게

되었습니까?

광대 고따위 질문이나 하니 당신은 발 고랑을 차게 됐구먼.

아주 싸다 싸.   65

켄트 어째서, 바보야?

광대 겨울엔 일을 안 하는 거라는 걸 당신에게 가르쳐주기 위해

당신을 개미 학교로 보내야겠어. 소경 빼고는

코 방향대로 가는 놈은 눈의 인도를 받게 되지.

어디서 냄새가 나는지 냄새를 못 맡는 코는 스무 명 중 하나도 없어.   70

---

85. hysterica passio는 suffering in the 'mother'(womb에 대한 고어). 여기에서 mother는
신경의 병적인 상태에서 오는 히스테리를 지칭하며, 여자에게 더 많다고 알려져 왔다.

큰 수레바퀴가 언덕을 내려갈 때는

뒤쫓아 가다가 모가지가 부러지지 않으려면 움켜쥔 손을 놓는 거야.

그런데 언덕을 올라갈 때는 뒤를 쫓아가는 거지.

똑똑한 친구가 나보다 나은 충고를 해주거들랑

75   내 것은 다시 돌려줘. 내 충고는 악당 놈들이나 따라줬으면 해.

바보의 충고니까.

이익을 섬기고 좇는 자들은

단지 계급 때문에 주인을 따르다가,

비가 내리기 시작하면 보따리를 싸고

80   당신을 폭풍 속에 남겨놓고 떠나버리지요.

그러나 나는 안 떠나요. 바보는 남을 거예요.

똑똑한 사람은 달아나라 그래요.

달아나는 악당이야말로 바보가 되는 것이지요.[86]

정말이지, 바보는 악당이 아니지요.

85 **켄트**   바보야, 넌 이런 것을 어디에서 배웠느냐?

   광대   바보야, 발 고랑을 차고 배운 것은 아니죠.

리어가 글로스터와 함께 다시 등장

리어   나와 말하기를 거부한다고? 몸이 아프다고!

---

86. 보다 높은 차원에서 볼 때 지혜는 진정한 충성을 명한다. 주인이 어려움에 처했다고
해서 그에 대한 자신의 의무인 충성의 의무를 버리고 그를 떠나는 것은 높은 지혜를
버리고 광대가 되는 것이다. 어려움에 처해도 변함없이 그의 곁을 지키며 충성을 다하
는 광대는 결코 악한이 아니다.

오늘 밤 먼 길을 왔다고! 단지 핑계일 뿐이야.

반동이야, 달아나려는 징조야.

더 나은 대답을 가져와.

글로스터 폐하,   90

잘 아시겠지만 공작님의 성미가 불같아서

자기가 하고자 하는 것은 절대 굽히지 않고 완강하십니다.

리어 경칠 것 같으니! 염병할! 뒈져라! 끝장[87]이다!

불같다고! 성질이 어떻다고? 아, 글로스터, 글로스터야,   95

내가 콘월 공작과 그의 부인과 이야기하고 싶단 말이다.

글로스터 저, 폐하, 그분들께 그렇게 알려드렸습니다만.

리어 저들에게 알렸다고! 내 말을 알아들었느냐, 이 인간아!

글로스터 네, 폐하.

리어 왕이 콘월과 이야기를 하겠다는 게야. 사랑하는 아버지가   100

딸과 이야기를 하겠다는 거다. 딸로서의 마땅한 의무를 명하는 거다.

그들에게 이것을 알렸다고? 내 목숨을 걸고!

불같다고! 불같은 공작이라고! 저 불같은 공작에게 말하라―

아니다. 아직 좀 기다려라. 어쩌면 정말 몸이 안 좋을지 몰라.

몸이 약해지면 이제껏 건강할 때 이행해야 했던 모든 의무들을 언제나   105

소홀히 하게 되는 법이거든. 우리 몸이 압박을 받으면 몸과 함께

마음도 고통을 받도록 지배받게 마련이지. 내가 참아야지.

너무 급한 나의 성질 때문에

---

87. 끝장(confusion): 질서 잡힌 우주(cosmos)가 해체되어 끝장나 다시 원초적 혼돈에 빠진
상태.

몸이 안 좋고 아픈 자들을

110 건강한 자로 취급하다니 화가 나는구나.

내 왕의 권세가 다 죽었구나! [켄트를 바라보며]

도대체 어째서 저자는 여기 앉아 있어야 한단 말인가? 이 행위는

공작부부가 이렇게 나를 멀리하는 것은 수작에 불과하다고 나를

설득하는구나. 나의 하인을 풀어다오.

115 가서 공작과 그의 아내에게 내가 그들과 이야기를 좀

해야겠다고 고하라.

지금, 당장. 나와서 내 말을 들으라고 저들에게 명하라.

그렇잖으면 저들의 방문 앞에서

저들이 잠을 포기하도록 만들 때까지 내가 북을 칠 거라고 말하라.

글로스터 양측 모두 두루두루 다 잘 풀리시게 되길 바랍니다.[88] [퇴장]

120 **리어** 오. 이 내, 내 심장, 끓어오르는 심장아! 그러나 내려가라!

광대 고것에 대고 소리치세요, 아저씨. 마치 도시 아줌마[89]가 뱀장어에 대고

소리쳤던 것처럼 말입니다. 이 아줌마는 뱀장어를 산 채로 반죽에

넣고는 튀어 오르는 고놈들을 막대기로 대가리를 후려갈기면서

외쳐댔죠. '들어가, 버릇없는 것들아, 들어가.' 자기 말에게 극진한

친절을 베푼답시고 건초에 버터를 발라준 자는 이 아줌마의

125 오라버니였죠.

콘월, 리건, 글로스터와 하인들 등장

---

88. 이 시점까지도 글로스터는 중립적 입장을 견지하며 도덕적 결단을 유보하고 있다.

89. 뱀장어 파이 같은 시골 음식에 영 서투른 도시 아낙은 반죽에 넣기 전에 뱀장어를 미

리 죽여야 하는지를 몰랐다.

리어   두 분 안녕히 주무셨습니까?

콘월   환영합니다, 폐하.   [켄트가 풀려난다.]

리건   폐하를 뵙게 되어 반갑습니다.

리어   리건아, 그러리라고 생각한다. 왜 내가 그렇게

생각할 수밖에 없는지 그 이유를 난 알지. 네가 반갑지 않다면,   130

무덤 속에 있는 네 어미와 이혼을 해야 할 판이니까. 간음녀니까ㅡ

[켄트에게] 오 그래, 이제 풀려났느냐?

그 문제에 대해서 앞으로 시간을 내어 얘기하기로 하자. 사랑하는

    리건아,

네 언니는 사악해. 오 리건아! 걔는

독수리처럼, 독한 주둥이로 여기를 쪼아댔단다.[90]

                        [자신의 심장을 가리킨다.]

너한테 말을 하기조차 힘들구나. 넌 아마 믿지 못할 거야.   135

얼마나 사악한지ㅡ오 리건아!

리건   어르신, 제발이지, 진정하세요. 제가 보기엔

언니가 자기 임무를 소홀히 하기보다는

아버지가 언니의 수고를 제대로 평가하지 못하시는 것 같아요.

리어   그래? 그게 어째서 그렇게 되는 것인데?

---

90. 그리스 신화에서 프로메테우스(Prometheus)는 나약한 인간을 동정해서 하늘 신 제우
스(Zeus) 몰래 하늘로부터 태양의 불을 붙여다가 인간에게 선사함으로써 불을 사용하
게 해주었다. 이 행위의 대가로 프로메테우스는 분노한 제우스신으로부터 코카서스산
바위에 묶인 채 독수리에게 가슴ㅡ혹은 간ㅡ을 갈가리 찢기도록 쪼아 먹히는 형벌을
받는다. 리어는 거너릴의 불효를 프로메테우스의 가슴을 무자비하게 쪼아 먹는 독수
리의 잔인한 주둥이에 비유하고 있다.

140 **리건** 저는 언니가 조금이라도

자기 임무를 소홀히 한다고는 생각할 수가 없어요. 만일

어쩌다가 언니가 아버지 시종들의 난동을 진압했다면

그것은 언니를 모든 책임으로부터 면제해 줄 만한

건전한 목적과 이유에서 그랬을 거예요.

리어 내 저주를 받아 마땅하지.

145 **리건** 오, 어르신! 당신은 늙으셨어요.

아버지의 수명은 한계에 다다랐어요.

그러니 아버지는 아버지 자신보다 아버지의 처지를

더 잘 식별할 줄 아는

분별력이 있는 사람의 지배와 인도를 받아야 하겠지요.

그러니 부디 청컨대

150 언니에게로 돌아가 주세요.

리어 그년의 용서를 구하라고?

집안 꼴이 얼마나 좋은지 어디 한번 보아라.

[무릎을 꿇으며]

'친애하는 따님이시여, 고백하건대 저는 늙었습니다.

노인은 쓸모가 없는 존재입니다. 무릎을 꿇고 간청하오니

155 저에게 옷과, 잠자리와, 먹을 것을 하사해 주옵소서.'

리건 됐어요, 그만 하세요. 이런 행동들은 차마 못 봐 드릴 짓거리군요.

언니에게로 돌아가세요.

리어 [일어나며] 절대로 안 간다, 리건아.

걔는 내 시종 절반을 줄였어,

나에게 눈살을 찌푸리고, 혓바닥으로 나를 때렸어,

뱀과 같은 가장 독한 혀로 내 심장을 공격했어.　　　　　160

하늘에 축적된 모든 복수가

고마워할 줄 모르는 그년의 머리 꼭대기에 쏟아져 내리기를!

병균을 품은 공기여, 그년의 젊은 뼈를 쳐서 불구로 만들어주소서!

콘월　저런, 저런.

리어　재빠른 번개여, 눈을 멀게 하는 그대의 불길을

조롱에 찬 그년의 눈에 내리쳐 주소서!　　　　　165

강력한 햇빛의 기운으로 늪에서 뿜어 올린 병균을 품은 안개여,

저년의 아름다움을 망가뜨려서

그 오만을 땅에 끌어내리고 날려 보내주소서!

리건　오 신들이시여! 아버지 성미가 발동하시면

저에게도 그런 기도를 하시겠군요.

리어　아니다, 리건아. 넌 절대로 나의 저주를 받게 되지 않을 거야.　170

친절한 성미의 지배를 받는 너의 본성은 결코

가혹함에 빠지지 않을 거니까. 그년의 눈은 이글거리지만,

네 눈은 위안을 주고 이글거리지가 않아. 너에게서는

나의 즐거움을 싫어하고, 내 시종을 삭감하고,

말을 퍼부어대고, 내 월급을 깎거나 하는 일은 없을 테니까.　175

결론적으로 말해서, 내가 못 들어가도록

나에게 빗장을 지르는 일은 없을 테니까.

너는 너의 자식으로서의 의무와 임무를,

감사함에 대한 도리와 예절의 도를 더 잘 아니까.

180   너는 내가 너의 몫으로 너에게 하사한
　　　　　　왕국의 절반을 잊지 않았겠지.

리건　요점을 말씀하시죠.

리어　누가 내 사자의 발에 족쇄를 채웠느냐?　　[안에서 행차의 나팔 소리]

콘월　저 나팔 소리는?

리건　언니의 행차예요. 언니가 이내 이리로 올 예정이라고 했던
　　　　　편지 내용대로예요.

오스왈드 입장

　　　　　너의 마님의 행차시지?

185 **리어**　이 녀석은 녀석이 따라다니는 주인의 변덕스러운 호의에
　　　　　기대어 살며 아무 정당한 근거 없이 우쭐대던 바로 그 노예 놈이구나.
　　　　　내 눈앞에서 썩 꺼져라, 재수 없는 놈!

콘월　폐하, 어인 일이십니까?

거너릴 입장

리어　누가, 내 하인의 발에 족쇄를 채웠느냐? 리건아,
　　　　　네가 몰랐던 일이었을 게야. 여기 누가 온 게야? 오, 하늘이시여,
190　　　　당신이 늙은이를 사랑한다면, 당신 자신이 늙으셨고
　　　　　자비로우신 당신의 통치가 순종을 찬성하신다면,
　　　　　저를 돕는 이 일을 당신의 일로 삼으시고, 사자들을 파견하시어
　　　　　제 편을 들어주소서![91]

[거너릴에게] 너 이 수염을 쳐다보기가 부끄럽지도 않느냐?

오 리건아, 네가 저년의 손을 잡다니?

거너릴 손을 잡으면 왜 안 되나요? 제가 뭘 잘못했는데요?   195

몰지각과 망령이 잘못이라고 주장하는 것은 모두

잘못이라고 할 수 없어요.

리어 오 가슴아! 넌 너무도 질기구나.

아직도 지탱하고 있다니. 어째서 나의 사자가 족쇄를 차게 됐느냐?

콘월 제가 그자를 족쇄 채워 놓았습니다. 그자의 난폭한 행동은

그보다 훨씬 심한 취급을 당해 마땅했습니다.   200

리어 자네가! 자네가 했다고?

리건 아버지, 제발이지, 약해지셨으니, 그렇게 처신하세요.

그리고 아버지가 한 달을 다 채울 때까지 언니에게 돌아가

계시다가 저에게 오실 땐 아버지 시종을 절반 줄여서 오세요.

저는 지금 집을 떠나 있어서 아버지를 환대해 드리는 데 필요한   205

준비가 안 되어 있어요.

리어 그년에게 돌아가라고? 게다가 오십 명을 줄인 채로!

절대로 그럴 수 없어! 차라리 모든 지붕을 포기하고,

적대하는 대기와 맞서 싸우기를 택하겠다.

늑대와 올빼미와 친구가 되기를 택하겠다.   210

궁핍의 쓰라린 고통이여! 그년에게 돌아가라고!

---

91. 이 대사에서 리어는 더 이상 명령하지 않고, 하늘을 향해 이 기도를 올린다. 그리고 기
다리나, 하늘은 이제까지처럼 침묵한다. 이제 리어는 홀로 이러한 딸들을 대면해야 한
다.

차라리 지참금 없이 막내딸을 데려갔던 저 정열적인 프랑스 왕에게
　　가서
그의 보좌 앞에
무릎을 꿇고 시종처럼,
215　　이 천한 목숨을 유지할 연금을 구걸하겠다. 그년에게 돌아가라고!
차라리 나더러 이 흉악한 종놈의 종이나
집 싣는 말이 되라고 설득하거라.　　　　　　　　[오스왈드를 가리키며]

거너릴 좋으실 대로 하세요.

리어 딸아, 제발 나를 미치지 말게 해다오.
내 자식아, 난 너를 괴롭히지 않을 거야. 잘 있어라.
220　　우린 더 이상 만나지도 않을 것이고, 서로 보게 되지도 않을 거야.
그러나 여전히 너는 나의 살이고, 나의 피고, 나의 딸이구나.
어쩌면 그것을 내 것이라고 부를 수밖에 없는
내 살 속에 자리한 하나의 병이구나. 너는 하나의 종기이고,
내 오염된 핏속에서 자라난
225　　하나의 부스럼, 뚱뚱 부은 부스럼이다. 나는 너를 나무라지 않을 거야.
수치심이 들 때 부끄러워하렴. 내가 굳이 그것을 거론하지 않을 테니.
나는 천둥을 가져오는 주피터 신에게 벼락을 치라고 명하지도 않겠고,
하늘에 계신 저 최고의 재판관에게 너에 관한 이야기들을 고하지도
　　않겠다.
그럴 수 있을 때 고치거라, 시간이 될 때 더 나아지도록 하렴.
230　　나는 참을 수 있어. 나는 리건네 집에 묵을 수 있어.
나와 나의 100명의 기사들과 같이.

리건   절대로 그렇게는 안 되겠어요.

　　　전 아버지를 제대로 맞아드릴 준비도 안 되어 있고

　　　계획도 되어 있지 않아요. 어르신, 언니의 말에 귀를 기울이세요.

　　　아버지의 난폭한 언사를 이성으로 가려낼 수 있는 자의 말을

　　　　토대로 말씀드리자면,

　　　아버지가 늙었다고 생각할 수밖에 없어요, 그러니 —　　　　235

　　　그런데 언니는 언니가 하는 행동을 잘 알아요.

리어   말 다 했느냐?

리건   당당히 주장하는 바인데, 뭐라고요? 50명의 시종이라고요?

　　　그게 제대로 된 일이에요? 더 이상의 숫자가 어째서 필요한가요?

　　　정말이지, 그렇게 많은 숫자라니, 그에 따른 비용과 해가 되는

　　　위험 소지의 측면이 그 부당성을 말해 주고 있는 데도요?　　　240

　　　어떻게 한 집안에서, 두 개의 명령체계 아래서 그렇게 많은 사람들이

　　　우정을 유지할 수가 있겠어요? 그건 어렵죠. 거의 불가능해요.

거너릴 아버지, 어째서 아버지는 동생의 하인이나 저의 하인으로 불리는

　　　자들로부터 시중을 받을 수 없단 말이에요?

리건   왜 안 된단 말이에요? 만일 저들이 어쩌다 아버지를 소홀히　　245

　　　대하면 우리가 그들을 통제할 수 있어요. 어떤 위험의 요소가

　　　간파되는 이제 간곡히 청원 드리는데, 아버지께서

　　　저희 집에 오실 때는 25명만 데리고 오세요. 그 이상에게는

　　　저는 자리도 내 주지 않을 것이고 인정도 하지 않을 겁니다.

리어   나는 너에게 전부를 주었는데 —

리건   제때 잘 주셨죠.　　　　　　　　　　　　　　　　　　　250

리어 너희를 나의 후견인이 되게 하고 나의 모든 권리를

위임받도록 허락해준 것은

100명이라는 숫자의 시종을 거느린다는 단서조항을 전제로 하지

않았더냐?

무엇이? 내가 너에게 갈 때는 25명만을 데리고 가야 한다고?

리건아, 너 그렇게 말했니?

255 **리건** 네, 다시 말씀드리는데, 저는 더 이상은 안 돼요.

리어 사악한 인간도 다른 자들이 더 사악할 때는 예쁘게 보이는구나.

가장 최악이 아니니

칭찬을 받는 자리에 서게 되는군. [거너릴에게] 나 너랑 갈래.

네가 얘기한 50명은 그래도 25명의 두 배이니

네 사랑도 저 아이의 사랑보다는 두 배겠구나.[92]

260 **거너릴** 제 말 똑똑히 들으세요.

한 집에서 시중들 종자가 별도로 25명, 10명, 5명이

무슨 필요가 있어요?

그 두 배의 하인들이 아버지의 시중을 들려고 대기 중인 마당에.

리건 한 명은 무슨 필요가 있어요?[93]

리어 오, 필요를 따지지 말라.[94] 우리 중에서 가장 비천한 거지들도

---

92. 아직도 망상에 사로잡힌 리어는 사랑을 계량화되는 대상으로 보며, 제공되는 필요성의 숫자로 헤아릴 수 있다고 보고 있다.

93. 리어의 기도에도 불구하고 주피터(Jove) 신은 행동을 취하지 않는다. 대신 두 딸들은 신속한 가속도를 가지고 이미 무너진 리어의 재산 전체를 박탈하고자 박차를 가하며 오케스트라를 조성한다.

94. 이 대사는 이 극의 주요 연설(key speeches)의 하나로, 리듬상 굉장한 클라이맥스

가장 가난한 그들의 소유 가운데도 잉여를 가지고 있다.   265
인간에게 육체가 필요로 하는 것 이상을 허락하지 않는다면,
인간의 몸은 짐승만큼이나 값싼 것이 되지.[95] 너는 숙녀지.
만일 보온만이 옷을 입는 목적이라면,
네가 지금 걸치고 있는 것과 같은 그런 호화로운 옷을 입을
  필요가 없지.
보온에는 별로 도움이 안 되니까. 그러나 진정한 필요에 대해서   270
  말하자면, ㅡ
그대 하늘이시여, 저에게 저 인내를, 제가 필요로 하는 인내를 주소서!
제신들이여, 당신은 여기 있는 저를, 한낱 가련한 늙은이를 보시지요,
나이만큼이나 슬픔으로 가득 찬 저를. 그 어느 쪽에 있어서도
  심히 불행한!
이 딸들의 마음을 움직여
아버지에게 거역하도록 부추긴 것이 당신이라면,   275

(climax)를 보여준다. 또한, 자연에 대한 인간의 관계를 한정해주는 주제 상의 클라이
맥스를 보여준다. 서두에서부터 폭발하고 있는 리듬은 거너릴과 리건의 논지를 뚫고
들어가며, 긴장을 조성하며 우리를 질문 앞에 세운다. 과연 거너릴과 리건의 주장은
타당한가? 필요란 상대적인 것이다. 가장 비천한 거지도 잉여를 소유하고 있다. 나중
에 불쌍한 톰(poor Tom)과 만날 때 이 잉여를 나누게 될 것이다.

95. 자연에게 인간의 가치들은 불필요한 가외의 것일 수 있다. 인간의 생 자체는 짐승의
  그것만큼 천할 수 있다. 인간을 가치 있게 하는 것은 여기에 첨가되는 것이다. 의복
  (garment)은 중요한 심상이 되고 있다. 옷을 입음은, 보온 효과를 초월하여 인간을 짐
  승 이상의 것으로 만든다. 그런데 리어는 이 잉여의 가치를 박탈당했고 무엇보다 생명
  (nature) 자체가 위협당하고 있다. 단순한 필요성(need) 차원에서 보면 도덕은 필요 없
  다.

그것을 다 참고 견디는 바보처럼 되지 않게 해주소서.

그리하여 여성의 무기인 눈물이

남자인 나의 뺨을 얼룩지지 않게 하소서! 안 되지, 너 인간이 아닌 마귀할멈들아,

나는 너희 둘에게 복수를 할 거야.

280   온 세상이 ― 기필코 나는 할 거야, ―

그것이 어떤 것인지 아직 나 자신도 잘 모르지만, ― 그것은

온 지구가 무서워할 그런 것이 될 거다. 너희는 내가 울 거라고 생각하지,

천만에, 나 안 울어.

나는 울 이유가 충분히 있지만, 울기 전에

285   다만 내 이 가슴이 만 가닥으로 쪼개질 것 같구나.

오 바보야! 나 미칠 것 같다.[96]   [리어, 글로스터, 켄트와 광대 퇴장]

콘월   우리 물러갑시다. 폭풍이 올 것 같소.   [멀리서 들려오는 폭풍 소리][97]

리건   이 집은 작아서, 노인과 그의 시종들이

제대로 거할 수가 없어요.

290 **거너릴**   노인네가 자초한 거야. 스스로 편한 자리를 버렸으니

자기 잘못의 쓴맛을 봐야겠지.

리건   아버지 한 분만이라면, 기쁘게 맞아들일 수 있지만,

시종은 한 명도 안 돼.

---

96. 리어가 벌거숭이가 되어 갈수록 광대에게 동류의식(sympathy)을 느낀다.

97. 리어가 주창하며 대변해왔던, 자비로운 질서의 인자한 여신은 리어가 처음으로 듣는 폭풍 속에서 부서지고 있다. 이제까지 리어는 폭풍우의 균열 소리를 들을 수 없었다.

거너릴 나도 그렇게 작정했어.

글로스터 백작님은 어디에 계세요?

콘월 노인을 뒤쫓아 갔습니다. 돌아오는군요.

글로스터 다시 입장

글로스터 왕께서는 대단히 격분하셨습니다.

콘월 그분은 어디로 가시는 중이오?

글로스터 말을 대령하라고 하십니다. 그러나 어디로 가실진 모르겠습니다.

콘월 막을 것 없이 가게 놔두는 게 제일 좋겠소. 자기 고집대로 가시도록.

리건 백작님, 결코, 그분더러 머물도록 간청하지 마세요.

글로스터 아ー! 밤은 닥쳐오고, 황량한 바람들이   300

거세게 불어치고 있는데, 여러 마일 내에

관목 한 포기 없습니다.[98]

리건 오! 백작님, 고집이 사나운 사람들에게는

스스로 자초해서 얻은 화를 교사로 삼고

교육을 받아야지요. 문을 닫아 걸으세요.

그 노인은 난폭한 시종들과 함께 있어요.   305

---

98. 딸들의 홀대에 격분한 리어는 단순히 폭풍 속으로 나갈 뿐, 어디를 향하는지 어떤 특정 장소에 대한 언급도 묘사도 없다. 이렇게 이 극이 보여주는 장소의 비 특징적인 성격은 이 극이 놓이는 비 특징적 시간과 더불어 이 비극에 신화적 속성을 부여하고 있다. 셰익스피어가 그의 영국 사극에서 실제 역사적 사건들로부터 내용 대부분을 취하고 있는 것과 달리, 이 극은 규정되지 않은 먼 역사적 시간 속에 놓고 있다. 세 딸과 아버지의 이야기라는 이 비극 이야기는 수 세기 동안 내려오는 민담(folklore)의 일부가 되고 있다.

귀가 얇은 그분을 부추겨서 무슨 짓을 할지 모르니
경계가 상책이에요.

콘월   문을 잠그시오, 백작. 험한 밤이오.
리건 님의 충고가 옳소. 폭풍을 피합시다.[99]   [퇴장]

---

99. 2막이 끝나는 이 시점에서 리어는 집 바깥에, 거너릴, 리건, 콘월은 집 안에 있다. 집
    안은 이제까지 리어가 추구해왔고, 리건들이 유일하게 추구하는 '안전'에 비유될 수 있
    다. 리어는 맨머리 맨몸으로 "수 마일 내에 수풀 하나 없는, 폭풍 치는 밤 속에 서 있
    다. 이제 그는 지금까지 자신을 에워싸던 안전의 울타리로부터 벗어나 열린 자연 속으
    로 옮겨졌다.

3막

1장

황야

천둥과 번개와 함께 폭풍[100]
켄트 입장하며 한 명의 기사와 만남

켄트 험한 날씨 외에 거기 있는 자 누구요?

신사 날씨를 닮아 가장 마음이 불편한 자요.

켄트 난 당신을 알아요. 왕은 어디에 계시오?

신사 사나운 폭풍과 싸우는 중이시오.

5   바람에게 명하고 있소. 지구를 바닷속으로 날려버리던가

말아 올려진 파도가 육지를 덮어,

세상의 온 질서가 바뀌든가 끝장나게 해달라고.

장님처럼 닥치는 대로 휘몰아치는 광풍이 사정없이 갈겨대는

자신의 백발을 뜯으며,

10   이리저리 미친 듯이 불어제치는 바람과 비를 맞으며

인간이라는 소우주가 싸우고 있습니다.

오늘 같은 밤에는 새끼에게 젖을 빨려서 허기진 곰이나

사자와 굶주린 늑대도

---

100. 3막은 "여전히 폭풍"이라는 지문으로 시작되며, 3막 내내 이 지문은 후렴처럼 반복
된다. 3막 내내 계속되는 폭풍은 리어의 내면 변화를 반영하는 중요한 상징으로 기
능한다.

저들의 털을 적시지 않고 웅크리고 있을 그런 밤이거늘,

그분은 모자도 쓰지 않은 맨머리로 뛰어다니시며

모든 것을 다 가져가라[101]고 외치십니다.   15

켄트 그런데 누가 그분과 같이 계십니까?

신사 광대밖에 없습니다. 광대는 그분의 가슴을

공격했던 상처들을 익살로 떨어내려고 중노동을 하는 중입니다.

켄트 저는 당신을 압니다.

제가 당신을 잘 안다는 것을 담보로 감히 당신에게 귀중한 것을

위탁하고자 합니다. 비록 겉으로는 상호 간의 교묘한 위장으로   20

　가려 있지만

올버니 공작과 콘월 공작 사이에 분열이 있습니다.

그들의 하인들 가운데는—위대한 별이

높은 보좌에 오르게 한 운을 가져다준 자치고 그렇지 않은 자가

　없겠으나—

겉으로는 하인인 것처럼 보이나,

프랑스 왕에게 우리나라의 정보를 제공해주는 스파이들이 있습니다.   25

그들은 공작들 간의 알력이나 음모에 대해서 보아 온 것들이나,

저 선한 노왕에 대한 가혹한 학대에 대해서,

혹은 이것들은 외적인 표식일 뿐,

보다 더 깊숙한 것에 대한 정보를 제공합니다.

그런데 사실은 이 분열된 왕국 속으로 프랑스로부터   30

---

101. what will take all: "Take all!"이라는 말은 노름꾼이 막판에 나머지 돈을 모두 대면
　　서 외치는 소리이다. "될 대로 되라!"라는 낙망과 결사적인 도전의 외침이다.

하나의 군대가 당도했습니다. 그들은 이미

이 나라가 손 놓고 있는 사이에, 우리나라 최고의 항구에

은밀하게 정박하여, 선전 포고할

준비가 되어 있습니다. 이제 당신의 역할에 대하여 말씀드리자면

35   이제까지 보아 오신 신뢰를 토대로 저를 믿으시고

도버로 급히 가주신다면

왕께서 얼마나 부당하고 미치게 할 만한 슬픔을 겪고 계시는지

올바로 보고하실 때

그곳에서 당신께 감사드릴 분을 발견하게 될 것입니다.

40   저는 혈통으로나 양육에 있어서 신사입니다.

그리고 확실한 지식을 가지고서

당신께 이러한 임무를 담당해 주실 것을 제안해 드리는 것입니다.

신사   당신과 더 자세한 이야기를 나눠 봐야겠습니다.

켄트   그러지 마시지요.

제가 하인 복장을 한 제 겉모양보다

45   훨씬 이상의 신분임을 확인하기 위하여

이 지갑을 열어보시고 그 속에 든 것을 가지십시오.

당신이 코딜리어 공주님을 뵙게 되실 때 —

틀림없이 만나게 되실 터인데 — 그분께 이 반지를 보여드리십시오.

그러면 그분은 당신이 지금은 누구인지 모르는 이자가 누구인지를

말씀해 주실 것입니다. 이런 고약한 폭풍 같으니!

50   저는 왕을 찾으러 나서야겠습니다.

신사   손을 이리 주시지요. 더 하실 말씀이 없으신지요?

켄트 별로 없습니다. 그러나 말한 모든 것보다 중요한 것은
       우리가 왕을 찾으면 — 당신은 저쪽으로 가셔서 수고해 주시고,
       저는 이쪽으로 가겠사오니 — 먼저 그분을 만나게 되는 자가
       소리쳐서 알리기로 하지요.   [각기 다른 방향으로 퇴장] 55

2장

황야의 다른 장소

여전히 폭풍
리어와 광대 등장

리어 바람아 불어라, 너의 뺨을 찢어라! 호되게 날려버려라!
너 폭포와 태풍아, 퍼부어라
첨탑과 바람개비들을 잠기게 할 때까지!
너 생각같이 빠르게 일을 해치우는 유황의 번갯불이여
5 참나무를 쪼개놓는 천둥의 선구자여,
내 이 흰 머리를 태워버려라! 너, 모든 것을 뒤흔드는 천둥이여,
이 두터운 둥근 세상을 납작하게 때려눕혀라!
고마움을 모르는 인간을 만들어내는
자연의 틀을 부수고 일격에 모든 씨를 파괴하여라!
10 **광대** 오 아저씨, 비 안 맞는 집안에서 아첨하는 편이
이렇게 바깥에서 비를 줄줄 맞는 것보다 나아요.
착한 아저씨, 들어가시죠, 들어가서
사과하시고 따님들과 화해하시죠.
정말이지, 똑똑한 양반도 바보도 봐주지 않는 지독한 밤이군요.
리어 실컷 으르렁거려라! 불길이여, 뿜어라! 비여, 쏟아져라!

비도, 바람도, 천둥도, 번개도 내 딸들이 아니지.   15
너 폭풍아, 난 너를 아비를 몰라본다고, 잔인하다고,
　기소하지 않겠다.
난 너에게 왕국을 준 적도 없고, 자식이라고 부른 적도 없으니까.
넌 나에게 순종할 의무도 없지. 그러니
무섭게 실컷 쏟아져라. 난 여기 너의 종으로서
한낱 가련하고, 나약하고, 힘없는, 멸시받는 노인으로서 서 있다.   20
그러나 나는 너를 두 사악한 딸들과 합세하여
하늘에서 육성된 군대를 동원하여
이리도 늙고 백발이 성성한 이 머리를 치는
야비한 사자들이라고 부르겠다. 오! 오! 더럽다.

광대　자기 머리를 집어넣을 집을 가지고 있는 자는   25
괜찮은 대가리지요.
머리를 둘 집도 없이
그 짓만 하려 드는 거시기는
머리에도 거시기에도 이가 끼지요.
그런 상태로 장가가는 거지들이 수두룩하지요.   30
가슴에 소중히 여겨야 할 것을
발가락 취급하다가는
티눈이 생겨 아파서
밤새도록 잠 못 자게 된다오.
예쁜 여자치고 거울 앞에서 이리 씰룩 저리 씰룩   35
주둥이 짓거리하지 않는 여자는 없다오.

리어   아니, 나는 인내의 표본이 될 거야.

나는 아무 말도 하지 않겠다.

켄트   거기 누구요?

40 **광대**   정녕, 왕과 광대이옵니다.

똑똑한 사람과 바보올시다.

켄트   아이고! 주인님, 여기 계셨습니까? 밤을 좋아하는 것들조차도

이처럼 험한 밤은 좋아할 수가 없습니다.

성난 하늘은 밤의 방랑자인 야생동물들을 떨게 하고

45   저들의 동굴에 머물게 하는군요. 내 생전 기억으로는

저렇게 엄청난 폭의 번갯불과 저리도 무섭게 으르렁대는 천둥소리와

울부짖는 바람과 비의 저렇게 거대한 신음소리를

들어본 적이 없네. 사람의 몸으로는 도저히

저러한 고통이나 공포를 감당할 수가 없어요.

50 **리어**   이 무시무시한 소동을 우리 머리 위에 펼쳐 놓으시는

위대한 제신들이여, 저들의 적들을 지금 당장 찾아내도록 하시오.

떨어라, 아직 심판의 채찍을 받지 않은 죄를 네 속에 감추고 있는

비열한 인간아,

숨어라, 잔혹한 손을 가진 너.

너 거짓 증거하는 자여, 근친 성교를 하면서도

55   덕의 가면을 쓴 너.

비겁자야, 와들와들 떨어라.

본심은 가리고 그럴듯한 가면을 쓰고

사람의 목숨을 농락한 너. 너희들을 숨기고 있는 그 가슴패기를

터쳐 내서 표면 아래 숨겨진 죄를 드러내고, 이 무서운 호출자[102]에게
  자비를 구하라.

나는 나 자신이 죄를 짓기보단 타인이 내게 죄를 짓게 한 죄인이다.[103]   60

켄트   아이고! 맨머리로!

주인님, 바로 이 근처에 움막이 하나 있습니다.

이것은 태풍을 피할 친절한 피난처를 제공해줄 것입니다.

이곳에서 잠깐 쉬고 계시면, 그동안 제가 이 무정한 집으로—

이 집이 지어진 돌보다 더 무정한—

방금 폐하를 위해 요청했더니   65

저조차 못 들어가도록 금지시켰지만, 다시 돌아가서

저분들의 인색한 친절을 무리해서라도 졸라 보겠습니다.

리어   내 머리가 돌기 시작하는구나.

이리 오렴, 아가. 애야, 어떠냐? 춥지?[104]

---

102. 중세에서 종교재판에 부쳐진 자를 데리러 오는 호출자(summoner)는 그 가차 없음과
    냉혹함으로 우는 아이도 울음을 그치게 할 정도로 무서운 존재로 통했다.

103. I am a man / More sinn'd against than sinning: 많이 인용되는 이 말은 많은 비극
    의 주인공에게 적용되는 말이기도 하다.

104. 난생처음 폭풍 속에서 추위를 경험하는 리어는 비로소 다른 인간의 추위를 인식한다:
    "춥지? 나도 춥구나"(3.2.68-69). 리어는 처음으로 자기로 인해 수고하고 괴로움을
    겪고 있는 상대방에게 미안함을 느낀다. 이것은 팔십 평생 처음으로 리어에게 일어난
    첫 기적이다. 이 시점에 리어는 가난의 신비를 체험한다. 가난의 요술은 천한 것을
    가지고 소중한 것을 만들어낸다. "아무것도 아닌 것"(nothing)으로부터 나오는 것은
    결코 "아무것도 아닌 것"(nothing)이 아니었다.

나도 춥구나. 여보게, 내 친구, 깔고 누울 짚이 어디 있지?

70 필요는 비천한 것들도 귀중한 것으로 만들 수 있는

기이한 기술[105]을 갖고 있구나. 가자, 너의 움막으로.

가엾은 광대 녀석, 내 마음 한구석에

네가 안 됐다는 생각이 드는구나.

광대 지혜를 쪼금 밖에 못 가진 자는

75 헤이, 호, 바람이 불고 비가 올 때,

제 운명에 적응해서 만족해야지.

비록 비가 왔다 하면 매일 오지만.

리어 그래 맞아, 착한 애야. 이리 오렴, 우리를 이 움막으로 인도해주렴.

[리어와 켄트 퇴장]

광대 이거야말로 창녀의 달구어진 몸도 서늘하게 식혀주기에 딱 좋은

80 밤이구먼. 내가 가기 전에 예언 한마디 하지.

성직자들이 행동보다는 말이 앞서고

양조장 주인들이 물로 누룩을 망치고

귀족들이 재봉사를 가르치는 선생이 되고

이교도는 화형당하는 대신 창녀들의 기둥서방이 되고,

85 법정에서 모든 송사가 통과되고

어떤 향사도 빚진 자가 없고, 기사치고 가난한 자가 없다면,[106]

---

105. 리어는 비로소 비바람에 흠뻑 젖은 지치고 고달픈 몸을 누일 수 있는 한 움큼의 마른
지푸라기의 소중한 가치를 깨닫는다. 이것은 궁핍과 가난이 선사하는 신비로운 선물
이기도 하다. 여기서 기술(art)은 보잘것없는 금속을 가지고 금, 은을 만드는 연금술
을 말하기도 한다.

106. 여기까지 묘사되고 있는 세상은 이 극에 묘사되고 있는 현재 영국의 세상이기도 하

혀를 놀려도 중상모략이 나오지 않고,
사람들이 모여 있는 곳에도 소매치기가 오지 않고
고리대금업자들이 들판에서 금화를 세고,
뚜쟁이와 창녀들이 교회당을 짓게 되면   90
엘비온 공국[107]은
일대 혼란에 처하게 되겠지.
그 광경을 살아서 보게 되는 자는 그 후에
걸음을 발로 걷게 되는 정상적으로 돌아가는 세상을 맞게 될 거야.
이 예언을 멜린이 하게 될 거야. 난 그자보다 앞에 산 자니까.   95

[퇴장]

며, 17세기 초에 산 자들과 관련 있는 영국의 현재를 보여준다. 성직자들의 신앙 하
강, 상업적 부패, 귀족들(lords)의 부패와 간음, 성적 타락과 불의 등. 이후는 이상화
된 미래(idealized future)를 보여준다. 더 좋은 시절에 대한 이러한 예언은 2,000년
후에도 아직 성취되지 않을 것이다. 멜린(Merlin)은 리어 이후 1,000년 이상 후에 산
사람으로서 셰익스피어 이전 1,000년 전 사람이다.
107. 영국(Britain)의 고대 이름으로, 주로 시적인 표현으로 쓰인다.

3장

글로스터 백작의 성

글로스터와 에드먼드 입장

글로스터 아, 가슴 아프구나! 에드먼드야, 나는 노왕에 대한 이러한 무자비한
취급이 영 마음에 안 드는구나. 내가 그분을 도와드릴 허락을
구했더니, 저들은 나에게서 내 집의 사용권까지 몰수했어. 그러고는
엄명하기를 그분에 대해서 말을 하거나, 그분을 위해서 청원을
하거나, 어떤 방식으로든 그분을 부양하는 것을 금하면서
5   그랬다가는 영원히 불쾌한 대가를 치르게 될 거라고 위협했어.
에드먼드 가장 야만적이고, 가장 잔인하군요!
글로스터 그만. 암말도 말거라. 두 공작들 사이에
분쟁이 있어. 그리고 그것보다 더 심각한 일[108]이 있어.
오늘 밤 나는 편지 한 통을 받았단다.
10   그것을 입 밖에 내는 것은 위험천만한 일이야.
나는 그 편지를 내 서랍장에 넣고 잠가두었다.
왕께서 현재 입고 있는 상처는 철저히 복수해야 해.
이미 병력의 일부가 상륙했다. 우리는
왕 편을 들어야 해. 나는 그분을 찾아내 은밀하게 구해 드릴 것이다.

---

108. 프랑스군의 상륙.

너 가서 공작님을 붙들고 이야기를 끌어라, 왕에 대한 나의 ₁₅
호의를 눈치채지 못하도록 말이다. 나에 관해 묻거들랑 몸이
아파서 자리에 들었다고 하렴.
내가 이 일로 인해 위협받고 있어 온 대로 설사 죽는다고 하더라도
나의 옛 주인이신 왕께서 구출되어야 한다.
에드먼드야, 어떤 기이한 일이 이내 일어나게 될 것이니,
부디, 조심하거라.   [퇴장] ₂₀

에드먼드 아버지에게 금지되어 있는 이 친절에 대해서 공작님께
즉각 알려야겠다. 저 편지 건에 대해서도.
이거야말로 확실히 공로가 될 만한 큰 건수로구나. 아버지가 잃게
될 것을 기필코 내가 가지게 되렷다. 아버지의 전 재산을 말이다.
늙은이가 거꾸러질 때는 젊은이가 일어날 때이다.   [퇴장] ₂₅

4장

황야. 움막 앞

리어, 켄트, 그리고 광대 입장

켄트   주인님, 여기가 그곳입니다. 자 들어가시지요.
　　　　거할 곳 없이 밖에서 맞이하는 밤의 횡포는
　　　　인간이 견뎌내기엔 너무 험하군요.　　　　　　[여전히 폭풍]

리어   나를 이대로 혼자 놔두게.

켄트   주인님, 이리로 들어가시지요.

리어   그게 내 가슴을 빠개 놓을 것 같으냐?

5　**켄트**   차라리 제 가슴이 빠개졌으면 싶습니다. 주인님, 들어가시지요.

리어   너는 이 사나운 폭풍우가 짐의 살갗을 때리는 것이
　　　　대단한 일이라고 생각하겠지. 너한테는 그렇겠지.
　　　　그러나 더 큰 병이 뿌리를 박고 있으면
　　　　보다 작은 병은 별로 느껴지지가 않지. 곰을 만나면 너는 피하겠지.

10　　　그러나 도망가다가 포효하는 바다를 만나게 되면
　　　　곰의 아가리 쪽을 향하게 되지. 마음이 편할 때는
　　　　몸이 고통에 민감해지지. 그런데 마음에 태풍이 닥치면
　　　　내 감각들은 여기서 고동치는 것 빼고는 다른 모든 감각을
　　　　빼앗기게 되지. 배은망덕!

그것은 입에다가 음식을 올려다 줬다는 이유로,   15
입이 손을 찢는 것과 같은 것 아닌가?
하지만 내가 철저히 벌을 줄 거야.
아니, 나 더 이상 울지 않을 테다. 그런 혹독한 밤에
나를 내쫓고 문을 잠그다니! 오 리건아, 거너릴아!
관대한 마음으로 모두를 주었던 너희 늙은 친절한 아비를.   20
오, 그렇게 생각하니 미칠 것 같구나. 그런 생각은 하지 말자.
이제는 그 생각은 말자.

켄트   주인님, 이리로 드시지요.

리어   제발, 네가 들어가렴. 너나 쉴 궁리를 하거라.
이 태풍은 나에게 사물에 대해 곰곰이 생각할 여유를 주지 않으니
더 이상 나를 해하질 않는구나. 그러나 나도 들어가마.   25
[광대에게] 얘야, 들어가렴. 네가 먼저 들어가. 집 없는 불쌍한
   인간들이여,
아니, 네가 들어가렴. 난 기도를 드리겠다. 그 담에 잘게.

                                      [광대가 들어간다.]

가련한 벌거벗은 인간들아, 너희가 어디 있든지,
이 무자비한 폭풍우의 맹렬한 공격을 견뎌내고 있는 너희들은
집 없는 너희들의 머리와 굶주린 몸을   30
구멍 나고 창이 난 누더기로[109]
이렇게 험한 날씨로부터 어떻게 지탱하고 있느냐? 오, 나는
   이것에 대해서

---

109. "구멍 나고 창이 난 누더기"는 리어 자신이다.

너무도 생각이 적었구나. 호의호식을 누리는 자들이여, 약을 먹어라,

그리하여 가련한 자들이 느끼는 것을 너희 자신이 느끼게 되어,

35   너희가 필요로 하는 것 이상을 가지고 있는 것을 그들에게 덜어내

주어서 하늘이 보다 공평하다는 것을 보여주어라.[110]

에드거 [안에서] 한 길 반이다, 한 길 반이다!

불쌍한 톰이요!   [광대가 움막으로부터 뛰어나온다.]

광대 아저씨, 이리로 들어오지 마세요. 여기에 귀신이 있어요.

사람 살려! 사람 살려!

40 **켄트** 나에게 네 손을 다오. 거기 있는 자 누구냐?

광대 귀신이다, 귀신이다. 자기 이름은 불쌍한 톰이라고 말하네요.

켄트 거기 지푸라기 속에서 꿀꿀대는 자가 누구냐?

썩 나오거라.

미친 자로 변장한 에드거가 들어온다.

에드거 꺼져라! 더러운 귀신이 나를 따라와요!

45   뾰족뾰족한 엉겅퀴 덤불 사이로 바람이 부는구나.

흠! 차가운 네 침대로 가서 네 몸을 덥혀라.

리어 너도 네 두 딸한테 몽땅 다 주었느냐?

그래서 넌 이 지경이 되었지?

에드거 누가 불쌍한 톰한테 뭘 줘요?

50   더러운 마귀가 불 속으로 불길 속으로

---

110. 남아도는 것을 빈곤한 자들에게 던져주도록 만드는 귀감으로 상징된 자신의 경험을
제공한다. 그러나 현재에서 그 방편은 절망적이다. 던져줄 잉여물이 없으므로.

시내로 웅덩이로 늪으로 수렁으로 저를 끌고 다녔어요.

베개 밑에 칼을 놔두고 낭하에 목매달 밧줄을 놔두고,

죽 그릇 옆에다 쥐약을 놔뒀죠. 우쭐하게 만들어서 4인치 폭밖에

안 되는 다리를 밤색 조랑말을 타고 건너게 만들고 반역자를

잡는답시고 자신의 그림자를 쫓게 만들었지요.   55

신의 가호가 당신을 돕지 않도록 보우해주소서. 톰은 추워요. 오!

오 드. 도 드, 도드. 당신을 회오리바람으로부터, 별의 독기로부터,

마녀 주문의 마력으로부터 구출되도록 축복해 주시기를!

더러운 마귀가 괴롭히는 불쌍한 톰에게 적선 좀 해줍쇼. 그놈

바로 저기 나왔네. 저기다, 저기 또 나왔다, 저기다. [여전히 폭풍]   60

리어　무엇이! 그자의 딸들이 그자를 이 지경이 되게 했다고?

그래 당신은 아무것도 못 건졌소? 당신도 저들에게

몽땅 주어버렸단 말이요?[111]

광대　아녜요. 그 친구는 담요 한 장은 건졌어요.

그렇지 않았더라면 우리는 온통 면구스러울 뻔했구먼요.[112]

리어　인간이 범한 잘못에 대하여 운명적으로 드리워진   65

대기 속의 모든 역병이 당장 자네의 딸들 머리 위에 떨어져라!

켄트　그자는 딸들이 없습니다.

리어　닥쳐, 반역자 같으니라고.[113] 저자의 잔인한 딸년들이 아니라면

인간의 모습을 저 지경으로 추락시킬 수가 없지.

---

111. 거의 짐승에 가까운 헐벗은 거지의 모습은 모든 것(all)을 내놓고 무(nothing)만이 남
　　겨진 인간인 자기 모습을 상기시키고 있다.

112. 인생의 희비극성, 장르의 혼합을 보여주는 예이다.

113. 거짓 증언을 하는 자이므로 저주받을 반역자.

버림받은 아비들이 이렇게 자신의 살에 무자비하게 구는 것은

유행이란 말인가?

당연한 벌[114]이지! 이 펠리칸 같은 딸들[115]을

낳은 것은 바로 이 육체니까.

에드거 필리콕은 필리콕 언덕에 앉아 있었지요.

이리로, 이리로, 루 루!

광대 이 차가운 밤은 우리 모두를 바보와 미치광이로 바꾸어 놓는구나.[116]

에드거 더러운 마귀를 조심하세요. 부모에게 순종하고,

당신 말을 제대로 지키고, 맹세하지 말고, 남의 아내와

간음죄를 짓지 말고, 근사한 옷에 정신 팔지 마라.

톰은 추워요.

리어 자네 여태껏 무슨 노릇하고 살았느냐?

에드거 머리와 가슴이 우쭐한 연인 노릇 하던 하인[117]이었습죠.

머리를 지지고, 모자에는 장갑을 달고, 여주인의 욕정에

봉사했습죠. 그녀와 음탕한 짓을 하고

말한 만큼 많은 맹세를 하고는

---

114. 리어는 아직도 인과응보의 도덕적 질서에 집착하고 있다.

115. 부모의 피를 빨아먹는 딸들이므로 펠리칸(pelican)에 비유되고 있다. 펠리칸은 자기의
피를 먹여 자식을 키운다고 한다.

116. 이 차가운 밤의 세계는 개인의 도덕적 자질 차이에 따른 차별(moral discrimination)
이 무효화되는 세계이다.

117. 정욕이 강하고, 우쭐하고, 살인도 불사하고, 탐욕스럽고 반역을 일삼고 방탕한 하인
(serving man, lustful, proud, vain, murderous, greedy, treacherous & prodigal)은
오스왈드의 특징을 상기시킨다.

멀쩡한 하늘의 면전에서 깨뜨렸죠. 성욕을 만족시킬

궁리를 하며 잠들고, 그 짓을 하려고 깨어났지요.

술을 무지 좋아하고, 노름을 끔찍이 좋아하고, 여자라면

터키 놈[118] 뺨쳤습죠. 거짓말쟁이에다 귀는 얇고 손은 잔인하고

게으르기론 돼지, 교활하기론 여우, 욕심 많기론 이리,   90

미친 것처럼 덤비는 데는 개, 잡아먹는 데는 사자이지요.[119]

삐걱대는 구두 소리나 비단옷 스치는 소리에 빠져서

여자한테 한눈팔도록 마음이 빠지지 마라.

당신 발을 갈보 집에서 멀리하고,

당신 손은 여자의 치마 구멍에서 멀리하고, 당신 펜은

고리대금업자 장부에서 멀리하고,

더러운 마귀를 멀리하라. 아가위나무 사이로 여전히 찬바람이   95

    부는구나.

쑤움, 문 하 노 노니. 내 아들 돌핀아,

내 아들, 스사! 지나가게 하라.[120]   [여전히 폭풍]

리어 아, 너는 이렇게 가장 혹심한 하늘의 강타를

벌거벗은 맨몸으로 맞느니 차라리 무덤 속에 거하는 것이 낫겠구나.

인간은 이 이상이 아니란 말이냐?[121] 곰곰이 생각해 보아라.   100

---

118. 많은 아내를 거느린 술탄(Sultan)만큼.

119. 중세기에는 인간의 일곱 가지 큰 죄악(seven deadly sins)을 흔히 일곱 가지 짐승으로
     표시하였다.

120. 옛 노래에서 인용한 부분. "하 노 노니"(ha no nony)는 별 뜻 없는 노래의 후렴. 돌핀
     (Dolphin)은 죽은 자들의 왕자(Prince of the dead)인 Dauphin에서 온 인명. 여기에
     선 악마를 뜻한다.

너는 누에로부터 비단을 빌리지도 않았고, 짐승에게서 가죽을,
양에게서 털을, 고양이에게서 사향을 빌리지도 않은 자구나.
하! 여기에 있는 세 인간은 위선적인 가공품[122]인데, 너야말로
오리지널이구나.
사람의 본모습이란, 너와같이 이렇게도 가련하고, 헐벗은
두 발 달린 짐승에 불과하구나. 벗자, 벗자, 빌려온 것들을!
와서, 이 단추를 좀 풀어다오.   [옷을 찢으며][123]

횃불을 들고 글로스터 등장

광대   제발이지, 아저씨, 참으세요. 수영하기엔 고약한 밤이에요.
드넓은 벌판에 작은 불똥 하나가 늙은 호색한[124]의 심장 같구면.

---

121. 불쌍한 톰(Poor Tom)의 벌거벗은 모습(nakedness)에 직면하여, 리어는 옷을 벗었을
    때 인간의 모습이 한낱 가련하고 헐벗은 두 발 달린 짐승(a poor, bare forked
    animal)에 불과함을 목격하며 인간의 본질(essential being)에 대한 명상에 이른다.
122. 옷을 걸치고 있는 세 사람.
123. 리어는 자신의 옷을 찢으려 하며 '아무것도 필요 없는 자'(unaccommodated man)의
    상태로 자신을 낮추려고 투쟁할 때 깨닫게 된다. 그의 이전 권세(power)와 그것과 함
    께 갔던 영예(honor)의 덫들(trapping)은, 결국 왕국에서 일어났던 것 중에서 협소한
    한 군단만 보았지, 전체는 보지 못하게 막았던 것이란 사실을. 리어는 이제 자신에게
    서 모든 것을 제거하려고 한다. 옷을 찢는 것은 문명화된 세계와의 모든 연결고리를
    해체하고 찢어내는 그의 행위 방식이다. 리어는 톰을 통해 지혜를 구하려 하나 실제
    로 톰은 리어를 거의 정신나가게 만들 뿐, 어떤 통찰(insight)이나 지혜를 제공하지
    않는다. 톰의 말은 넌센스일 뿐 "Poor Tom"이 실제로 존재하지 않는다. 톰은 하나의
    심상일 뿐이고 생존을 위한 역할 놀음에 불과하다.
124. 관중은 글로스터와의 연관성을 감지한다.

거기만 쬐끄만 스파크가 일고, 나머지 몸뚱어리는 온통 차갑구먼.[125]

여기 좀 봐요! 걸어 다니는 불이 오고 있네.   110

에드거 이자는 더러운 마귀 플리베르태지베트인데요. 저자는

자정에 출동해서 첫 수탉이 울 때까지 돌아다니지요. 삼눈이랑 눈의

백태랑 사팔뜨기랑 언청이를 만들어내지요.

거의 다 익은 밀을 곰팡이 피게 하고, 이 지상의 가련한 존재를

해치지요.

스위트홀드 성인께서[126] 고원을 세 차례 횡단하다가   115

몽마와 아홉 새끼들을 만났지요.

내려가라,

사람을 더 괴롭히지 말라고 그래라.

꺼져라, 너 마귀야, 꺼져라!

켄트 폐하, 어떠신지요?   120

리어 그자는 누구냐?

켄트 거기 있는 자 누구냐? 네가 찾고 있는 것이 무엇이냐?

글로스터 거기 있는 너는 어떤 사람이냐? 너의 이름은?

에드거 불쌍한 톰이에요. 개구리를 먹고,

두꺼비, 올챙이, 도마뱀, 도롱뇽을 먹죠.   125

더러운 마귀가 열받게 해서 가슴에 부아가 치밀면,

---

125. 세상 전체가 차갑고 더러운 성적 은유(sexual metaphor)로 표현되고 있다.

126. 악몽을 쫓을 때 부르는 성자의 이름. 전통적으로 악몽(night-mare)으로부터의 수호성
인으로 알려진 St. Vitalis를 지칭. 117-19는 악몽을 쫓아내기 위한 주문. 몽마
(nightmare)가 새끼 아홉을 데리고 자고 있는 사람에게 올라타서 사람을 괴롭혔다고
생각하였다.

샐러드 삼아 소똥을 먹고 늙은 쥐와 도랑에 던져진 죽은 개를 삼키고,

웅덩이에 고여 있는 초록 이끼를 마시지요.

이 마을에서 저 마을로 회초리질을 당하며 쫓겨 다니다가,

발에 족쇄를 채우는 형벌도 받고 감옥에 갇히기도 하지요. 등에

걸칠 옷 세 벌, 몸에 걸칠 셔츠 6장, 타고 다닐 말 한 필, 차고

다닐 무기가 있죠, 그런데 생쥐와 들쥐와 작은 짐승들이

지난 7년의 긴 세월 동안 톰의 음식이었어요.

따라다니는 악마를 조심하세요. 스멀킨, 조용해! 조용히 하라니까,

너 악마야.

글로스터   저런! 폐하께서 이보다 나은 동행이 없으시단 말입니까?

에드거   어둠의 왕자[127]는 신사예요. 모도라고도 불리고

마후라고도 해요.

글로스터   우리의 살과 피는 너무 사악해져서,

자신을 낳아준 부모를 증오할 지경이군요.

에드거   불쌍한 톰은 추워요.

글로스터   나와 함께 들어가자꾸나. 저의 도리상

폐하의 따님들의 이 모든 가혹한 명령들을 순종하도록 동의할 수가

없습니다.

비록 그들의 명령은 저의 집 문 빗장을 지르고

이 맹위를 떨치는 밤의 횡포에 폐하가 당하도록 놔두라고 했으나

저는 폐하를 찾아 나섰고, 이제 불과 음식이 준비된 곳으로

---

127. 어둠의 왕자(prince of darkness)는 사탄(Satan)을 지칭한다. 모도(Modo)와 마후(Magu)는 마귀들(devils)을 지칭하는 이름들이다(Harsnett, *Declaration*, 1603 참조).

안내하고자 합니다.

리어   먼저 이 과학자[128]와 이야기하겠다.

천둥의 원인이 무엇입니까?

켄트   착하신 주인님, 저분의 제안을 받아들이세요. 집안으로 드시지요.   150

리어   이 테베의 학자와 한 말씀 나누겠다.

댁의 연구 분야는 무엇이오?

에드거 마귀를 앞지르고, 이를 죽이는 법.

리어   조용히 여쭙고 싶소.

켄트   백작님, 그분에게 가자고 한 번 더 간청해 보시지요.   155

그분의 정신이 불안정해지기 시작하고 있어요.[129]

글로스터 어찌 그분을 탓할 수 있겠습니까?   [여전히 폭풍]

그분의 따님들은 그분을 죽일 계획을 도모하고 있습니다.

아! 저 착한 켄트 경!

그분은 일이 이렇게 되리라고 말씀하셨지요, 추방당한 가엾은 양반!

당신은 왕께서 미쳐가고 계신다고 하시지만, 친구여 당신께

말씀드리자면,

저 자신이 거의 미칠 지경이오. 저에게 아들이 하나 있었지요,   160

지금은 호적에서 폐적했지만, 그 아이는 내 목숨을 노렸지요,

최근에, 아주 최근에 말입니다. 친구여, 저는 그 아이를 사랑했지요.

---

128. philosopher가 과학자로 쓰이고 있다(George Lyman Kittredge, ed. *The Tragedy of King Lear*. Ginn and Company, 1940 참조).

129. 리어가 미쳐가는 과정을 엿볼 수 있는 대단히 중요한 단서이다. 이 대사는 리어가 첫 장면부터 정신착란증이 있다고 하는 정신병 연구자들의 주장을 반증하고 있다.

어떤 아버지가 자기 아들을 사랑한 것보다 더 극진히 말이요.

사실을 말씀드리자면,   [계속되는 폭풍]

슬픔이 제정신을 빠개놓았지요. 원 이렇게 험한 밤이란!

폐하, 제발—

165 **리어** 오! 사죄하게.[130]

고매하신 과학자 양반, 함께 가시지요.

에드거 톰은 추워요.

글로스터 친구여 들어가자, 여기 몸을 따뜻하게 해 줄 움막이 있어요.

리어 자, 모두 들어갑시다.

켄트 주인님, 이쪽입니다.

170 **리어** 그분과 함께.

난 언제나 나의 철학자님과 함께 있을 거야.

켄트 좋습니다, 주인님. 그분이 좋으시도록 비위를 맞춰드리고

그 친구를 데리고 들어가게 하세요.

글로스터 당신이 그자를 데리고 들어가시지요.

켄트 얘야, 이리 오렴, 우리와 함께 가자.

리어 가십시다, 훌륭하신 아테나 철학자님.

글로스터 조용, 조용, 쉿.

175 **에드거** 어린 롤란드 기사[131]가 어두운 탑에 당도했지요.

그자[132]의 모토는 언제나, 파이, 포, 품.

---

130. 과학자와의 대담이 방해받는 것에 화가 난 리어가 이에 사죄하라는 뜻이다.

131. 샤를마뉴 서사시권(Charlemagne epic cycle)에 나오는 샤를마뉴(Charlemagne)의 조
카인 주인공 기사(chief knight).

132. 어두운 탑 안의 거인. 176-77은 롤란드 기사와 전혀 관계없는 동화 거인을 죽인 잭

영국인의 피 냄새가 나는군.   [퇴장]

(Jack the Giant-Killer)의 이야기에서 거인(Giant)이 하는 말.

5장

글로스터 성의 한 방

콘월과 에드먼드 등장

콘월   내가 그자의 집을 떠나기 전에 복수해야겠다.

에드먼드   공작님, 제가 이렇게 부자간의 천륜을 어기고까지 충성을 택한
것에 대하여 세상이 어떻게 평가할지 두려운 생각이 듭니다.

콘월   이제 생각해 보니 네 형이 그자를 죽이려 했던 것은 전적으로 네 형의
5   사악한 기질 때문만이 아니고 그자 자신이 죽어 마땅할 정도로
비난받을 결점을 지니고 있어 악의를 일으킨 이유가 된 것 같아.

에드먼드   제 운명은 얼마나 기구한지 모르겠군요.
저는 올바른 길을 택하기 위해서 뉘우쳐야 하니까요![133] 이것이 제가
말씀드린 바로 그 편지입니다. 이 편지는 그분이 프랑스 측을 돕고
10   있는 첩자임을 입증해 주고 있습니다. 오 하늘이시여! 이런 반역이
없었던가,

---

133. 에드먼드에게서 대안적 언어(alternative language)가 뚜렷해지고 있다. 콘월에게 에
드먼드는 노왕(he old king)에 대한 자기 부친의 충성(Loyalty)을 반역(treason)이라
부르고, 자신의 아버지에 대한 그 자신의 반역을 충성(loyalty)이라고 부른다. 이러한
언어의 혼돈(linguistic confusion)이 예시하듯이 셰익스피어는 인물들의 담화(speech)
를 통해 내적인 인간관계와 사회정치적 관계(interpersonal & socio-political
relationships) 속에 만연하는 무질서(prevailing disorders)를 반영한다.

제가 그것의 발견자가 되지 않았었더라면!

콘월   나와 함께 공작부인께로 가자.

에드먼드   이 편지의 내용이 확실하다면,

공작님은 막중한 사건에 당면하고 계십니다.   15

콘월   그 내용이 사실이던, 아니든 간에, 이 건은 자네를

글로스터 백작으로 만들었네. 자네 부친이 있는 곳을 찾아내라.

그자를 짐이 즉각 체포할 수 있도록.

에드먼드   [방백] *아버지가 왕을 위로하는 현장에서 내가 아버지를*

찾아낼 수 있다면 아버지에 대한 혐의를 더욱 굳힐 수 있을 테지.   20

저는 충성의 길을 택할 것입니다. 비록 그것과 혈육의 정 사이의

갈등으로 쓰리고 괴로울지라도 말입니다.

콘월   너는 나의 신뢰를 받게 될 것이다.

너는 나의 사랑 속에서 혈육의 아버지보다 더 극진히 사랑하는

아버지를 찾게 될 것이다.[134]   [퇴장]

---

134. 말이 지시하는 대상물인 기표(referent)와 그 의미인 기의(signifier)의 분리를 보여주
는 예. 이 극의 언어는 지속적인 역설을 보여주고 있다. 고상한 것을 끌어내리고
(debase), 천박한 것(base)을 고상하게 만들고(enoble) 있다. 역설은 언어뿐 아니라, 이
극의 상상과 표현의 특출한 특징이기도 하다.

6장

성에 달린 농가의 한 방

켄트와 글로스터 등장

글로스터 그래도 이곳은 한 데보다는 나으니,

고맙게 받아들이기로 합시다. 좀 더 편안히 모실 수 있는 방도를

최선을 다해 찾아보겠소. 이내 돌아오리다.　　　　[퇴장]

켄트 왕께서는 인내의 한계를 넘어서시어 온통 분별력을 상실하셨습니다.

제신들이 부디 당신의 친절에 보답해 주시기를!

리어, 에드거, 광대 등장
에드거는 미친 거지 톰으로 분장

에드거 악마 프라테레토우[135]가 나를 부르며 말하기를

네로가 어둠의 호수의 낚시꾼[136]이래. 순진한 애야, 부디 기도드리거라.

---

135. 피들(fiddle) 연주자로서 언급되기도 하는 악마. 로마가 불타는 동안 피들을 연주했던
　　것으로 유명한 1세기 로마 황제였던 네로와 연관 지어지고 있다.
136. 어둠의 호수는 고전 신화에 나오는 지하세계의 스틱 호수를 뜻하기도 하나, 남성 성
　　기의 낚싯대와 여성 성기의 어두운 호수를 합축하기도 한다. 장성한 후 어머니의 자
　　궁을 칼로 찔러 죽였던 네로의 어머니 살해를 일별하는 표현으로도 해석된다. 어둠
　　의 호수는 인간 본성의 바닥을 알 수 없는 깊이(bottomless depth of human nature)
　　를 시사하기도 한다.

더러운 악마를 조심하거라.

광대 제발이지, 아저씨 가르쳐줘요. 미친놈은 신사인가요,
향사인가요? 10

리어 왕이다, 왕이야!

광대 아녜요. 아들을 신사로 둔 향사예요.
왜냐면 자기 아들이 자기보다 앞서서 신사가 되는 걸 봤으니
그자는 미친 향사거든요.

리어 천 명의 악마들이 시뻘겋게 달구어진 쇠꼬챙이를 들고 15
그년들을 향해 휙 휙 —

에드거 더러운 마귀가 제 잔등을 깨무네요.

광대 여우를 길들이는 것, 말의 건강, 소년의 사랑, 갈보의 맹세를
믿는 놈은 미친놈이지.

리어 기필코 시행해야 해. 난 곧장 저들을 체포하겠다. 20
[에드거에게] 가장 학식 있는 법관 양반, 이리 오셔서 여기 앉으십시오.
[광대에게] 현명하신 어르신, 당신은 이리 앉으시지요.
자, 너희 암여우들아!

에드거 저것 좀 봐, 저자가 눈을 부릅뜨고 서 있네! 부인,
당신 증인을 원하시오?
베씨야, 울타리를 넘어서 내게로 오너라 — 25

광대 그녀의 보트는 샌대요.
그런데 그녀가 말해선 안 되죠.
왜 감히 당신에게 갈 수 없는지를.

에드거 더러운 마귀가 꾀꼬리 목소리를 내면서 불쌍한 톰을 쫓아다녀요.

30   홉댄스가 톰 뱃속에서 싱싱한 청어 두 마리를 달라고 소리치고 있어요.

      꿀꿀거리지 마라, 검은 천사야. 나 너 줄 음식 없어.

켄트 어떠십니까. 그렇게 어리둥절해서 서 계시지 말고,

      누워서 쿠션에 기대고 좀 쉬시지요.

리어 저들의 재판을 먼저 보겠다. 저들의 증인을 대령하시오.

35   [에드거에게] 법복을 입으신 재판관님, 자리에 앉으시지요.

      [광대에게] 그리고 동료 재판관님, 그분 곁에 앉으시지요.

      [켄트에게] 치안판사로 임명되신

      당신도 앉으시지요.

에드거 우리 공정하게 처리합시다.

40   즐거운 목동아, 너 자니, 깨어났니?

      너의 양 떼가 보리밭에 들어갔네.

      네 어여쁜 입으로 피리를 한 곡 뽑으렴,

      그러면 너의 양 떼는 사면될 거야.

      야옹! 회색 고양이구나.

45 **리어** 그년을 먼저 체포하시오. 거너릴입니다.

      이 영예로우신 분들 앞에서 맹세컨대,

      그녀는 자기 아버지인 불쌍한 왕을 발길로 걷어찼습니다.

광대 부인, 이리로 오시지요. 이름이 거너릴입니까?

리어 부인하지 못할 것이오.

50 **광대** 자비를 구하시오. 나는 당신을 세 발 의자로 착각했노라고.

리어 여기 또 한 명이 있소. 그 일그러진 상판이

      그년 심장에 무엇이 들어있는지를 말해 주지요.

도망가는 저년을 잡아주시오!

무기를, 무기를, 칼을, 불을! 법정의 부패다!

사기꾼 법관! 어째서 당신은 그년을 도망치게 놔두는 거요?　　　55

에드거 당신의 오관에 축복을!

켄트 아―! 왕이시여, 그리도 자주 자랑하시던 인내는 이제

어디로 가셨습니까?

에드거 [방백] *이 내 눈물이 그분의 편을 이다지도 세게 들기 시작하니*

나의 변장을 망칠 지경이구나.　　　60

리어 온갖 종류의 자잘한 개새끼들조차

트레이고, 블랑쉬고, 스위트하트[137]고 할 것 없이 모조리, 저것 좀 봐,

나를 향해 짖어대는구나.

에드거 톰이 저놈들에게 머리를 박아 헤딩을 해줄 참이에요.

꺼져라, 이 잡종 개새끼들아!

주둥이가 시커멓든 희든 간에 깨물면

독을 내는 이빨을 가진 놈,　　　65

마스티프, 그레이하운드, 사나운 잡종 암캐,

하운드건 스파니엘이건, 냄새로 사냥하는 암사냥개건, 경찰견이건,

짤막한 꼬리를 한 놈이건, 말아 올린 기다란 꼬리를 한 놈이건 간에,

톰이 엉엉 울게 만들 거야.

이렇게 내 머리를 던져서 헤딩을 하면　　　70

개새끼들은 울타리를 넘어 문밖으로 달려 나가 몽땅 줄행랑을 치거든.

---

137. 트레이(tray)는 고통을, 블랑쉬(blanch)는 속이고 아첨하는 것을 의미하기도 하고, 열거된 이 암캐 이름들은 리어의 딸들을 암시하기도 한다.

도 드 드드 쓰싸! 자 덤벼라, 장터로, 시장으로 나오너라. 불쌍한
톰이 왔어요. 뿔 고동[138]이 말랐으니, 적선해줍쇼.

리어 자 이제 저들로 하여금 리건을 해부하도록 하시오.
저년의 심장 부근에는 무엇이 자라고 있는지 조사해 보시오.

75 어떤 원인이
이 혹독한 심장들을 만들어내는 거요?[139] ─
이보시오, 당신을 백 명의 기사 중 하나로 환영하는 바요.
단지 자네의 복장 스타일이 내 맘에 안 드오. 자네는
페르시아식이라고 말하겠지만 갈아입도록 하오.

---

138. 거지들은 물이나 술을 받아먹을 뿔 고동을 줄에 달아 목에 걸고 다녔다.
139. 리어가 광기 속에서도 끈질기게 캐내고 싶어 했던, 딸들의 무정한 가슴을 만들어내는
원인을 묻는 물음에 대해 이 극은 끝까지 대답하지 않는다. 셰익스피어는 연극이라는
매체를 통해서 어둠의 심장을 꿰뚫고 들어가려는 시도를 보여주지만, 고난의 원인에
관련하여 그의 인물들이 던지는 질문에 그 자신은 끝까지 아무 대답도 주지 않는다.
고난의 원인을 규명하는 일은 인간의 몫이 아닌지 모른다. 인간으로서 불가능한 일인
이상 이 극이 주제로 삼고 있는 것은 무엇인가? 고난에 처한 인간의 과정인가? 이 고
난은 그렇다면 스토아나 가톨릭의 이해가 보여주듯 "지양"하고, "극복"되어야 할 과
정으로서 볼 수 있는 것인가? 셰익스피어는 훨씬 적극적인 고난의 이해를 보여주고
있다. 고난을 인간과 결코 분리할 수 없는 인간 실존(human reality)으로 본다.
　슈월(Sewall)이 그의 유명한 비극론에 관한 저서 *The Vision of Tragedy*에서 밝히고
있듯이 셰익스피어의 적극적인 고난 이해는 구약 『욥기』(*Book of Job*)의 영향에 힘입
고 있다고 보인다. 『욥기』에서처럼 『리어왕』의 주제는 고난에 처한 인간이다. 묻는
것은 고난의 본질이 아니라 고난에 처한 인간의 태도이다. 이 극은 코딜리어의 시신
을 안은 리어가 던지는 고통스러운 물음, "어째서 한 마리의 개도, 말도, 쥐새끼조차
생명이 있거늘 너는 도무지 숨이 사라졌단 말이냐?"로 끝난다.

먼 곳에서 글로스터 등장

켄트 자, 폐하, 여기 누우셔서 잠시 쉬십시오.   80

리어 조용, 조용히! 커튼을 쳐다오.

그래, 그래, 짐은 아침에 저녁 식사를 하러 가마.   [잠든다.]

광대 저는 정오에 자러 갈 거고요.[140]

글로스터 이리로 오시지요, 친구여. 나의 주인님이신

왕은 어디에 계십니까?   [켄트에게] 85

켄트 여기 계십니다. 그러나 깨우지 마십시오. 정신이 나가셨습니다.

글로스터 선한 친구여. 부디 그분을 팔에 안아 올리시오.

그분을 죽이려는 음모가 있다고 들었습니다.

여기에 들것이 준비되어 있으니 들것에 그분을 태워서

도버로 가도록 하십시오. 친구여 그곳에 가면 환대와 보호의   90

손길을 만나게 될 것입니다. 주인님을 들어 올리세요.

30분이라도 지체하게 되면, 그분의 목숨은 물론

당신 목숨과 그분을 지키려는 모든 자는

틀림없이 상실 위기에 처하게 될 것입니다. 들어 올리세요, 들어

올리세요. 그리고 저를 따르세요. 제가 안전히 피신할 준비를   95

할 수 있는 곳으로 인도하겠습니다. 빨리 행동을 취해야 합니다.

켄트 탈진한 옥체가 잠드셨군요.

이 휴식은 어쩌면 형편이 허락지 않는다면

치유하기가 어려울 당신의 헝클어진 신경을 진정시켜드릴 수

---

140. 거꾸로 뒤집힌 세상(the world upside down)을 함축한다.

있겠지요. —[광대에게] 이리 온, 그렇게 뒤에 서 있지 말고,

와서 네 주인님 모시고 가는 것을 도우렴.

100 **글로스터** 자, 자, 가자.

켄트, 글로스터, 광대는 리어를 운반해가며 퇴장[141]

에드거 우리보다 훌륭한 자들이 우리와 같은 고통을 짊어지고 있음을

보게 될 때, 우리는 우리의 불행을 그다지 우리의 적으로 여기지

않게 되는구나.

근심 · 걱정에서 자유로운 것들과 행복한 광경들을 뒤로하고,

홀로 고통받는 자야말로 가장 마음의 큰 고통을 겪는 것이지.

105 슬픔에 짝이 있고, 친구를 가질 수 있다면

그 마음은 극심한 고통을 가볍게 뛰어넘을 수 있으리라.

나를 꺾어 놓던 것이 왕도 고개 숙이게 하고 있음을 보는 이제

나의 고통은 얼마나 가볍고 견딜 만한 것으로 여겨지는가?

---

141. 광대는 그의 대사 "저는 정오에 자러 갈 거고요"(3.6.83)를 마지막으로 남긴 후 3막
6장 100행 이후로 등장하지 않는다. 이름 모를 곳으로부터 등장하여 극 중도에 설명
되지 않은 채 사라지는 광대에게는 과거도, 미래도, 집도 없다. 잃어버릴 정체성도 갖
고 있지 않은 듯이 보이는 그는 정체성 상실의 위기 또한 겪지 않는다. 그는 헛된 가
정을 품지 않으므로 충격받지 않는다. 또한 광대는 오로지 자신의 이익 추구에만 탐
닉하는 거너릴과 리건이 보여주는 몸서리쳐지는 무서운 무감각에 직면하여도 가장
놀라지 않는 인물이다.

　그는 이 극에서 하나의 인물이라기보다는 냉정하고도 역설적인 격언들과 관찰을
속담과 격언과 노래에 담아 전달하는 하나의 입이라고도 할 수 있다. 어쩌면 세상과
인간들의 진상을 가감 없이 비추어 줄 거울의 맑음 자체라고도 하겠다.

내가 아버지 때문에 고통받고 있듯이 왕은 자식 때문에 고통을
　받는구나! 톰이여, 물러가라!
고위층 간의 불화의 소리들을 주목하자. 그리고 잘못된 생각이　　110
　너를 망가뜨리던
그릇된 의심이 풀리고 화해가 이루어질 때 너의 정체를 밝혀라.
오늘 밤 무슨 일이 일어나더라도, 왕께서 안전하게 피신하시기를!
숨어라, 숨어라.　　　　　　　　　　　　　　　　　　　　[퇴장]

7장

콘월, 리건, 거너릴, 서자(에드먼드)와 하인들 등장

콘월 서둘러 남편께 돌아가

이 편지를 보여드리세요. 프랑스군이 상륙했어요.   [거너릴에게]

저 반역자 글로스터를 찾아내 오너라.

몇 명의 하인들 퇴장.
편지 한 통을 건넨다.

리건 즉각 그자의 목을 매달아라.

5 **거너릴** 그의 눈들을 뽑아요.

콘월 나 열받았으니 저자를 나에게 맡겨요. 에드먼드,

자네는 우리 처형을 동행해 주게. 반역죄를 범한 자네 부친에게

우리가 가할 수밖에 없는 복수는 자네가 쳐다보기엔

적합지가 않으니까. 만나게 될 공작에게 이르게.

10 가장 신속한 전쟁 준비를 하라고. 우리도 필히 그리할 터이니.

우리들 간의 연락병은 신속하게 정보를

전하게 될 걸세. 처형, 안녕히 가세요.

글로스터 경, 잘 가시게.   [오스왈드 입장]

어찌 되어 가느냐? 왕은 어디 있느냐?

15 **오스왈드** 글로스터 백작께서 그분을 이곳에서 모셔갔습니다.

그분의 기사 서른대여섯 명이

그분을 열렬히 찾아 나섰다가 성문에서 그분을 만났다 합니다.

그들은 백작의 다른 신하들과 합세하여

그분을 도버로 모셔갔습니다. 저들은 그곳에 제대로 무장을 한

아군들이 있다고 자랑합니다.

콘월 너의 여주인님을 모실 말을 준비하라.   20

거너릴 안녕, 친절한 제부와 동생.   [거너릴, 에드먼드와 오스왈드 퇴장]

콘월 에드먼드, 잘 가게.

가서 저 반역자 글로스터를 찾아내 오너라.

그자를 강도처럼 결박해서 짐 앞으로 대령하라. [다른 하인들 퇴장]

비록 영장 없이 그자의 목숨을 처치할 순 없을지라도   25

우리가 가진 권력이 우리의 분노에 따른다 해서

사람들이 탓할 수는 있을망정 제지할 수는 없단 말이야.

글로스터와 하인들 등장

게 누구냐? 반역자인가?

리건 배은망덕한 여우 같으니라고! 바로 그놈이구나.

콘월 말라비틀어진 그자의 두 팔을 꽁꽁 묶어라.

글로스터 폐하 무슨 영문이십니까?   30

여보게 친구들, 그대는 나의 손님들임을 기억하게.

나에게 못되게 굴지 말게, 친구들.

콘월 명령이다, 그자를 묶어라.   [하인들이 그를 결박한다.]

리건 꽁꽁, 더 조여. 오 더러운 반역자!

글로스터 무자비한 여주인이시여, 전 결코 반역자가 아닙니다.

콘월 이 의자에 저자를 묶어라 — 악당, 너 맛을 보여주마.

[리건이 그의 수염을 뽑는다.]

35 **글로스터** 친절한 제신들에 걸고 맹세컨대 나의 수염을 뽑는 것은

가장 비열한 행위입니다.

리건 이렇게 허옇게 늙은 놈이 그렇게 고얀 반역자이다니?

글로스터 고얀한 여주인이시여,

당신이 내 턱에 능욕을 보이시는 이 수염들이 살아나서 당신을

기소할 것입니다. 저는 당신을 모시는 이 집의 주인입니다.

40 강도의 손아귀로 저의 친절한 호의를 이렇게 험하게 날려버려서는

아니 되십니다. 어쩔 작정이십니까?

콘월 이봐, 네놈은 최근에 프랑스로부터 무슨 편지들을 받았지?

리건 간단히 대답해라. 우린 사실을 다 알고 있으니까.

콘월 네놈은 최근에 우리 왕국에 상륙한 역적 놈들과 합세해서

45 어떤 음모를 벌였지?

리건 네놈은 누구 손에 저 미치광이 왕을 넘겼느냐? 고하라.

글로스터 저는 추측으로 쓴 편지 한 통을 받았을 뿐

그 편지는 반대편에 선 자가 아니라 중립적인 입장에 선

자로부터 온 것입니다.

콘월 교활한 것 같으니라고.

50 **리건** 사기꾼.

콘월 네놈은 왕을 어디로 보냈지?

글로스터 도버로요.

리건   어째서 도버로 보냈느냐? 네놈이 호되게 당할 거라고 경고를
        받았을 터인데 —

콘월   어째서 도버로 보냈느냐? 저놈은 그 대답을 해야 해.

글로스터   말뚝에 묶인 곰의 신세로다. 이 과정을 견뎌내는 수밖에.

리건   어째서 도버로 보냈느냐?   55

글로스터   그 이유는 당신의 잔인한 손톱들이
        그분의 가련한 늙은 두 눈을 뽑는 것을, 또한 야수 같은 당신의 언니가
        그분의 옥체를 보아 구렁이의 이빨로 물어뜯는 것을 보지 않기
           위해서입니다.
        지옥과도 같은 칠흑 같은 밤에 저 지독한 폭풍우를 그분이
        맨머리로 견뎌내시던 그때 바다는 솟구쳐 올라   60
        별빛까지도 꺼뜨릴 판이었습니다.
        그러나 저 가련한 노인 양반은, 하늘을 향해 비를 내려달라고
           외쳐댔지요.
        그런 끔찍한 때에 늑대들이 당신 문 앞에 와서 울부짖었다면,
        당신은 필경 '착한 문지기야, 문을 열어 주어라.'라고 말했을
           것입니다.
        다른 때 저지른 잔인한 짓거리들은 다 덮고. 허나 저는   65
        날개를 단 신들의 복수가 저런 자식들을 따라잡게 될 것을
           보고야 말 것입니다.

콘월   네놈은 결코 그걸 못 보게 될 거다. 여봐라, 의자를 붙들어라 —
        네놈의 눈들을 내 발로 밟아주겠다.

글로스터   제 명에 죽기를 바라는 자여,

70   나를 도와주시오. 오 잔인하구나! 오 제신들이여!

[콘월이 그의 눈을 짓뭉개서 **뽑아낸다**.]

리건 한쪽이 다른 쪽을 비웃을 터이니, 다른 쪽도 마저 뽑아요.

콘월 네놈이 복수를 하겠다 하면ㅡ

하인 1 주인님, 손을 멈추십시오.

저는 어린아이 적부터 주인님을 섬겨 왔습니다만

지금 주인님께 멈추시라고 말리는 것 이상의 봉사는 한 적이 없습니다.

75 **리건** 뭐가 어쩌고 어째, 이 개 같은 놈?

하인 1 턱에 수염이 있으셨다면 이 싸움을 놓고 그 수염을

흔들어 드리겠습니다ㅡ어쩌실 작정입니까?   [리건에게]

콘월 나의 악당 놈이라?

하인 1 천만에요, 그렇다면 공격해 보시지요, 저는 분노가 이끄는 대로

몸을 맡길 것입니다.   [그들은 칼을 빼서 싸운다. 콘월이 상처를 입는다.]

리건 네 칼을 이리 줘. 촌뜨기 놈이 이렇게 덤벼?   [하인에게]

그를 찌른다.

80 **하인 1** 오 저는 칼에 찔렸습니다! 백작님, 백작님께는 저분에게 닥칠 화를

보실 수 있는 또 한 눈이 아직 남아 있으십니다.[142] 오! [죽는다.]

콘월 고것이 더 이상 못 보게 막아야겠다. 나와라, 더러운 젤리 덩어리야!

[글로스터의 다른 쪽 눈을 뽑는다.]

그래 이제 네놈의 안광은 어디에 있느냐?

---

142. 이 소망도 또한 좌절된다.

글로스터 온통 어둡고 절망이구나. 나의 아들 에드먼드는 어디 있느냐?

에드먼드야, 너의 효심의 불꽃을 지켜서   85

이 끔찍한 행동을 복수해다오.

리건 꺼져, 이 반역자 악당 같으니라고!

네놈은 널 증오하는 자를 부르고 있구나. 바로 그자였어.

네놈의 반역들을 우리에게 폭로해준 자는.

그분은 네놈을 동정하기엔 너무 훌륭하시지.   90

글로스터 오, 나의 어리석음이여! 그렇다면 에드거가

기만당한 것이구나.

친절한 제신들이시여, 저의 잘못을 용서해주시고, 그 아이를

축복해 주소서.

리건 저놈을 성문 밖으로 내쳐라. 코로 맡아서 도버로 가는 길을

찾아가라지.   [한 명의 하인이 글로스터를 데리고 퇴장]

여보, 좀 어때요? 안색이 왜 이런 거예요?

콘월 난 상처를 입었소. 여보 날 따라와요—   95

저 눈 빠진 악당 놈을 내쳐라. 저 노예 놈을

똥 더미 위로 던져버려.—리건, 난 출혈이 심하오.

아주 나쁜 때 이 상처를 입었소. 당신 팔 좀 이리 줘요.

[리건에 이끌려 콘월 퇴장]

하인 2 이자가 잘 된다면

나는 어떤 사악한 짓도 불사하겠소.

하인 3 그녀가 오래 산다면   100

여자들은 죄다 괴물들로 둔갑하겠지요.

하인 2 우리 저 노 백작의 뒤를 따라가서,

베들렘 출신 미친 거지를 데려다가

그분이 원하는 곳으로 길 안내를 해드리도록 합시다. 그 녀석은
   떠돌아다니는

105   미친놈이니 무슨 짓을 해도 허용될 테니까요.

하인 3 가십시다. 나는 베와 계란 흰자위를 가져다가

피 흘리는 그분의 얼굴에 붙여드리리다. 하늘이 그분을

도우시기를!

[각각 퇴장]

4막

1장

황야

에드거 입장. 불쌍한 거지 톰으로 변장

에드거 그러나 이편이 나을 것이다. 경멸받는 처지임이 알려지는 것이
늘 경멸받으면서도 면전에서는 아부를 받는 것보다는.
운명의 가장 밑바닥에 떨어진 가장 버림받은 존재는
항상 상승의 기로에 서 있으니 두려움 속에서 살지 않지.
5   애도할 만한 변화란 꼭대기에서 오고
최악의 것은 웃음으로 바뀌게 되지. 그렇다면
내가 맞이하는 너 실체 없는 대기여, 환영하노라!¹⁴³
네가 최악의 상태로 불어제친 비참한 자는 너의 광풍에 대해
아무 빚진 것이 없노라.

글로스터와 노인 입장

그런데 누가 여기로 오고 있지? 우리 아버지가,

---

143. unsubstantial air: 아무것으로도 채워지지 않은 텅 빈 대기. 누구도 수용할 수 있고
누구에게도 열려 있는 이 대기 가운데서, 영문도 모른 채 자신의 정체성과 이름까지
박탈당하고 영원한 도망자로서 생존하는 아들 에드거와, 역시 가엾은 주군을 돕고자
하는 선한 동기로 인해 순식간에 집과 모든 소유를 박탈당하고 눈까지 뽑힌 채 거지
로 내쳐진 아버지 글로스터의 해후가 일어난다.

가련한 자의 인도를 받으며?　　　　　　　　　　　　　　　　　10

세상이여, 세상이여, 오 세상이여!

너의 기이한 변화무쌍함이 너를 증오하게 만들지 않을지라도

삶이란 결코 나이 먹어가는 만큼 녹록하게 다가오는 것이 아니로구나.

노인　오 나의 좋으신 주인님, 저는 지난 80여 년 동안 주인님과

주인님 부친의 소작인이었습니다.

글로스터　가시오, 저리 가시오!　　　　　　　　　　　　　　15

당신의 위로가 나에겐 도무지 소용이 없소.

저들은 당신을 해칠 거요.

노인　주인님은 앞을 보실 수 없으십니다.

글로스터　나는 갈 곳이 없으니 눈이 필요 없소.

나에게 눈이 있을 때 나는 넘어졌소.

흔히 우리의 물질적 수단들이 우리의 안전을 보장해준다고　　20

　여겨왔지만

우리의 단순한 결핍이 우리의 유익으로 입증되지요. 오 사랑하는

아들 에드거야,

너는 기만당한 네 아버지의 분노의 밥이었구나!

내가 살아서 너를 만져보는 날을 보게 된다면

난 다시 눈을 얻었다고 말할 수 있으련만!

노인　어떠십니까? 거기 누구냐?

에드거　오 제신들이여! "나는 최악의 상태로다" 말할 수 있는 자가　　25

어디 있으리오?

나는 어느 때보다도 더욱 불행하구나.

노인 불쌍한 거지 톰입니다.

에드거 그런데 나는 아직도 더 나빠질 수가 있어. 우리가 "이것이
최악이다."라고 말할 수 있는 한 최악의 상태는 아니지.

노인 여보게, 어딜 가는가?

글로스터 거지요?

30 **노인** 미친 자이면서 거지올시다.

글로스터 그래도 그자는 좀 정신이 있나 보오. 그렇지 않으면
구걸도 할 수 없겠지요.
간밤의 폭풍 속에서 난 그런 친구를 봤소.
그자는 나에게 인간이 한낱 버러지라는 생각이 들게 했지요.
그때 내 아들이 마음에 떠올랐소. 비록 그땐 내 마음이 그 아이에게
35 전혀 우호적이지 않았으니까. 난 그 후 어떤 얘기를 더 듣게 되었지요.
짓궂은 심술쟁이 소년들이 심심풀이로 파리를 때려잡듯
제신들은 그렇게 우리 인간들을 죽이지요.¹⁴⁴

에드거 어떻게 이럴 수가?
슬픔을 가지고 장난 쳐야 하는 일은 못 해먹을 고약한 노릇이구나,
자신과 다른 사람들을 괴롭히면서. ─주인님, 당신에게 축복을.

글로스터 벌거벗은 그 친구요?

40 **노인** 그렇습니다. 주인님.

글로스터 저리 가시오. 혹 나를 위해서
도버 쪽으로 1~2마일을 따라올 수 있다면, 옛정을 생각해서
이 벌거벗은 인간을 위해서 뭐 좀 걸칠 것을 가져다주오.

---

144. 지독히도 비극적인 이 세상의 진면목에 대한 셰익스피어의 정직한 서술이다.

그자에게 나의 길잡이가 되어 달라고 부탁할 참이오.

노인 아ー, 주인님, 그자는 미친 자올시다.   45

글로스터 미친 자들이 소경들을 인도한다면 그건 시대의 병이지요.

내가 청한대로 해주든가 마음대로 하시오.

무엇보다 가주시오.

노인 그자에게 제가 가진 것 중에서 제일 좋은 옷을 가져다주리다.

무슨 일을 당하더라도.   50

글로스터 얘야, 벌거벗은 친구야ー

에드거 불쌍한 톰은 추워요.ー이 연극을 더 이상 못 해 먹겠네.

글로스터 이리 온, 얘야.

에드거 그런데 나는 해야만 해. 아저씨의 사랑스러운 눈에 축복을.

피가 나네요.

글로스터 너 도버로 가는 길 아니?   55

에드거 낭하와, 문으로, 말 타고, 걸어서 불쌍한 톰은 혼쭐이 빠져서 제

정신이 나갔어요. 착한 사람의 아들, 당신을 더러운 마귀로부터

구출해 주소서! 다섯 마귀들이 불쌍한 톰 속에 한꺼번에 들어앉아

있었지라우. 오비디컷이라는 정욕의 마귀, 무감각의 왕자인

호비디단스, 강도의 마귀인 마후, 살인의 마귀인 모도, 얼굴을   60

찡그리고 찌푸리는 마귀인 플리베르티지벳, 이 마귀가 날 떠난 담엔

하녀들과 시종들을 사로잡았지요. 그러니, 주인님, 당신께 축복을.

글로스터 여기 이 지갑 받아라. 하늘의 역병이 너로 하여금 모든

시련을 받도록 낮추게 했던 너,

나의 불행한 처지가 너를 보다 행복하게 만드는구나.   65

하늘이시여, 아주 공평하게

처리해 주소서. 넘치도록 남아돌아 가고 배 터지게 먹는 자

당신의 명을 노예 취급하는 자, 느끼지 못하므로 보려고 들지

　않는 저자들로

하여금 당신의 힘을 신속히 느끼게 하셔서,

70　　공평한 분배를 통해서 넘치는 것을 덜어내어

모든 인간이 충분히 갖게 하소서. 도버를 아느냐?

에드거 네, 주인님.

글로스터 거기에 절벽이 있다. 그 높이 굽어보는 곳이

아득히 깎아지른 벼랑 깊숙이 무시무시하게 바라다보고 있는

75　　그곳에 그 벼랑 끝까지 나를 데려다주렴.

거기서 내가 지닌 부를 가지고 네가 짊어진 불행한 팔자를

　고쳐주마.

거기에 가면 나는 더 이상 길 안내자가 필요 없다.

에드거 팔을 이리 주세요.

불쌍한 톰이 당신을 안내하리다.　　　　　　　　　　　[퇴장]

2장

올버니 공작의 궁정 앞

거너릴, 서자 에드먼드와 집사 오스왈드 등장

거너릴 환영합니다. 나의 주인님. 뜨뜻미지근한 우리 남편님께서 웬일로
마중을 안 나오시다니 기이하구나. ─그래, 네 주인님 어디 계시니?

오스왈드 마님, 안에 계십니다. 그런데 사람이 그리 변하실 수가 없습니다.
제가 군대가 상륙했다고 말씀드렸더니, 미소를 지으시는가 하면,
마님께서 곧 당도하신다고 했더니,   5
'그거 안됐구먼' 하고 대답하시고
글로스터의 반역과 그 아들의 충성스러운 공로에 대해서 보고를
드렸더니, 저를 '멍청이'라고 부르는 것이었습니다.
그리곤 제가 사물을 거꾸로 뒤집어서 알고 있다고 하셨습니다.
가장 싫어하셔야 할 것은 즐거우신 듯, 좋아하셔야 할 것은 거부감을   10
보이셨습니다.

거너릴 자, 그럼 더 이상 오지 마셔요.   [에드먼드에게]
그건 감당해야 할 것을 감히 감당 못 하는 비겁한 겁쟁이인
그이의 공포심이야.
기필코 맞이하게 될 화들을 느끼려 들지 않으려는 거지. 오는
길에 얘기했던

우리의 소원들이 결실을 보게 되기를. 에드먼드 님, 제부에게
　돌아가셔서
그의 군대를 소집하고 그의 병력을 지휘하는 일을 서둘러주세요.
아무래도 저는 우리 집에서 이름을 바꾸어야 할 것 같은데요.
그러면 무기를 내 손에, 실패를 남편 손에 쥐여줘야겠죠.
이 믿을 만한 하인이 우리 사이를 오갈 거예요. 머지않아 제
　소식을 듣게 될 거고요.
20 감히 당신 자신을 위하여—한 정부의 명을 감행한다면—이걸
　받으세요.
말은 하지 마시고요.　　　　　　　　　　　[사랑의 징표를 준다.]
고개를 숙이세요. 이 키스가 말을 한다면, 당신의 기상을 공중 높이
신장시켜 줄 거예요.
제 뜻을 알아주기를 바라며, 안녕.
25 **에드먼드** 죽어도 저는 당신 것입니다.

에드먼드 퇴장

거너릴 가장 사랑하는 나의 글로스터!
오, 같은 남자인데 이렇게 다를 수가!
당신 같은 남자야말로 여성의 서비스를 받을 자격이 있는 분.
내 머저리가 내 몸을 강탈하고 있구나.
오스왈드 마님, 주인님이 오십니다.　　　　　　　　[퇴장]
30 **거너릴** 내가 휘파람쯤의 가치는 있을 텐데.
올버니 오! 거너릴,

당신은 당신 얼굴에 거친 바람이 불어온 먼지만 한 가치도 없소.

난 당신의 기질이 두렵소.

당신의 성질은, 그 본래의 근원을 경멸하는 당신의 성미는

어떤 한계를 벗어나지 않는다고 믿을 수가 없을진대,

모성이 되는 수액으로부터 찢기고 꺾여 나가 마침내   35

죽어가는 가지처럼, 기필코 파멸을 보고 말 거야.

거너릴 바보 같은 설교 좀 그만하시지.

올버니 비열한 인간들에게 지혜와 선은 비열하게 여겨질 뿐,

더러움은 더러운 맛밖에 나지 못하지.

도대체 당신은 무슨 짓을 했소?   40

딸이라기보다는 호랑이들이라 할 당신들은 무슨 일을 행한 거요?

아버지, 공경받을 만하신 나이 든 어른을

그 용안은 머리를 묶인 곰조차도 핥아드릴 터이건만

가장 짐승 같은, 가장 밑바닥 지경으로 처박다니!

황태자로서, 그분에 의해서 그리도 득을 본 인간이 그럴 수가!   45

이 비열하게 저지른 악행들을 바로잡기 위해서

하늘이 저들의 보이는 정령들을 재빨리 내려보내지 않을지라도

기필코 그때가 올 것이오.

깊은 바닷속의 괴물들처럼

사람들이 모두 서로 잡아먹는 그런 결과를 자초하고야 말 그때가.

거너릴 우윳빛 간을 한 겁쟁이 남자,   50

한 대 맞으면 뺨을 들이대고, 해를 입으면 머리를 들이대는 위인이니

이마에 붙은 눈은 지켜야 할 명예와

당하는 화도 구별 못 하지.

멍청이들은 저들의 사악한 목적을 달성할 수 있게 되기도 전에

55   벌을 받는 그런 악당들을 동정하지요. 그래 당신 북은 어디 있죠?

프랑스 왕은 프랑스 깃발을 고요한 우리 땅에 쫙 펼치고,

깃털을 높이 꽂은 투구를 쓰고서 당신의 나라를 취합하기
     시작하는 동안,

이러쿵저러쿵 도덕을 따지고 있는 멍청이인 당신은 가만히 앉아서,

소리치죠,

'아―! 저자는 어찌하여 저러는가?'

올버니 너 자신을 들여다봐, 이 악마야!

60   마귀에게서 보이는 괴물의 모습도

여자에게서 보이는 만큼 끔찍하진 않을 거야.

거너릴 오 쓸모없는 멍청이!

올버니 본 모습을 감추고 변형된 너, 부끄러운 줄 알아,

여성인 너의 모습을 괴물로 만들지 말거라. 이 손이 나의 분노를
     따르도록

65   허용하는 것이 적합하다면, 당장 너의 살과 뼈를 찢어놓으련만.

아무리 네가 악마라 할지라도

여자의 탈을 쓰고 있으니 손을 대지 못하겠구나.

거너릴 과연, 사내대장부로다―야옹!

사자 입장

올버니 무슨 소식이냐?

오 주인님, 콘월 공작님이 돌아가셨습니다.   70

글로스터 공작님의 다른 쪽 눈을 뽑으시려다가

하인에게 칼을 맞았지요.

올버니 글로스터의 눈이라고?

사자 그분이 길렀던 하인이, 연민이 발동하여,

그 행위에 항거하여 자신의 칼을 주인에게 겨누었습니다.

위협에 격분하여 주인을 향해 돌진하다가 죽어 넘어졌지만   75

그가 입힌 치명상은 나중에 그분의 목숨을 앗아갔습니다.

올버니 이것은 당신이 위에 건재하시다는 것을 보여주는군요.

정의로우신 신들이여. 당신들은 이 아래 세상의 죄들을 이리도

신속하게 복수해 주실 수 있음을

보여주시는군요. 그러나 오 가련한 글로스터여!   80

다른 한쪽 눈을 잃었다고?

사자 양 눈 모두, 모두입니다. 주인님 —

마님, 이 편지는 급히 답신을 요구하고 있습니다.

언니께서 보내신 편지입니다.

거너릴 한편으로는 나는 이 일이 마음에 들어.

과부가 된 동생과 나의 글로스터 님이 같이 있으니

나의 공상 속의 모든 누각이 뿌리째 뽑혀 내 가증스러운

인생 위에 무너져 내리기 십상이구나. 다른 한편으로   85

이 소식은 그리 쓰지가 않아. — 그래 읽어보고 답할게.   [퇴장]

올버니 저들이 그분의 눈을 뽑을 때 그분의 아들은 어디 있었소?

사자 저희 마님을 모시고 이리로 오시고 있었습니다.

올버니 그자는 여기에 안 왔는데.

90 **사자** 아닙니다, 주인님. 그분이 되돌아가시는 길에서 만났습니다.

올버니 그자도 저 사악한 행동에 대해 알고 있소?

사자 그렇습니다, 주인님. 밀고한 자가 그입니다.
그분들이 자유롭게 형벌을 가할 수 있도록
일부러 집을 떠났던 것입니다.

95 **올버니** 글로스터여, 내가 살아생전 당신이 왕께 보여주신 사랑에
보답하고 당신의 두 눈에 대해 복수하리다. ─친구여, 이리 오시오.
나에게 알고 있는 것을 더 전해주오. [퇴장]

3장

도버 근처의 프랑스 진영

켄트와 한 신사 입장

켄트   어째서 프랑스 왕께서는 그리도 갑작스레 되돌아가셨는지
        당신은 그 이유를 아시오?

신사   나라에 미진한 채 남겨두고 온 일이
        이리로 오시는 중에 생각나셨기 때문이오. 그것은 프랑스
        왕국에 큰 위험을 초래할 우려가 있는 일이라서   5
        왕께서 몸소 출두하실 수밖에 없었지요.

켄트   왕께서는 그분 뒤에 어느 장군을 남기셨나요?

신사   프랑스의 마샬, 몽쉐르 르 파를 장군이십니다.

켄트   당신이 전달해드린 편지가 왕비님으로 하여금 슬픔을
        표현하시도록 자극했는가요?   10

신사   그렇고말고요, 편지를 받아 드시자 곧장 제 앞에서 읽으셨습니다.
        이따금 왕방울만 한 눈물이 그분의 부드러운 뺨으로
        굴러떨어졌습니다. 마치 그분은
        자신의 감정을 다스리는 여왕같이 보이셨습니다. 그런가 하면
        슬픔이 반역자처럼 그분을 압도하는 왕이 되고자 하는 듯했습니다.

켄트   오! 그렇다면 편지가 왕비님의 마음을 움직였군요.   15

신사 격분으로 움직인 것은 아니었지요. 인내와 슬픔이 서로

그분에게 어느 쪽이 가장 아름답게 어울리는지 다투는 것이었습니다.

햇빛과 비를 동시에 본 적이 있으시지요.[145] 그분의 미소와 눈물은

그와 같았는데, 그보다 더 아름다운 모습이었습니다.

그분의 아름다운 입술 위에서

20　뛰노는 저 행복한 작은 미소들은

그분의 눈에 어떤 손님들이 계신지를 모르는 것 같았습니다.

　그것들은 마치

다이아몬드에서 떨어지는 진주알처럼 그분의 눈에서 굴러

　떨어졌습니다.

간단히 말씀드리자면 모든 것 중에서 그렇게도 잘 어울릴 수 있다면

슬픔은 가장 애호될 만한 값진 것이라고 할 것입니다.

켄트 소리 내어 물으신 것은 없었습니까?

25　**신사** '아버지'라는 이름을 한 번인가 두 번 참으로

힘겹게 발음하셨지요. 마치 그것이 그분의 가슴을 압박하는 듯

말입니다.

그러고는 외치셨지요, '언니들! 언니들! 여성들의 수치로다! 언니들!

켄트 경! 아버지! 언니들! 무엇이라고? 폭풍 속에? 밤에?

연민의 존재를 믿지 말지어다!' 그러시고는 하늘 같은 눈에서

30　거룩한 눈물을 떨구고는

격한 함성들이 잠긴 채, 홀로 슬픔을 마주하기 위해

자리를 떠나셨습니다.

---

145. "햇빛과 비를 동시에": 인생이 보여주는 장르의 혼합성, 비희극성을 보여주는 예.

켄트 우리의 성격을 다스리는 것은

우리 위에 있는 별들, 저 별들입니다.

그렇지 않고서야 같은 부모가 저리도 다른 자식들을

태어나게 할 수 있겠습니까? 그 후로 그분과 이야기를 나누지

않으셨나요?   35

신사 네.

켄트 이것은 왕께서 돌아오시기 이전의 일입니까?

신사 아닙니다. 돌아오신 이후입니다.

켄트 그렇다면 저 가엾으신 실성한 리어께서는 그 고을에 계시는군요.

그분은 때때로 더 온전한 정신이 들 때면

어째서 우리가 여기까지 오게 된 지를 기억하십니다. 그리고 도무지   40

자신의 따님을 만나기를 동의하지 않으십니다.

신사 어째서지요?

켄트 바로 아래서 치밀어 오르는 최고의 수치심 때문이지요.

자신의 잔인함으로 막내 따님에게 베풀 지참금을 박탈하고서

　이국에서의 삶으로 내치고는,

그분의 소중한 권리들을

개와 같은 무자비한 언니들에게 쥐버렸던—이런 일들이   45

너무도 격렬하게 가슴을 찔러대어 불타는 수치심이

코딜리어 님에게 가까이 가지 못하게 하고 있지요.

신사 아—! 가엾으신 양반.

켄트 올버니와 콘월의 병력에 대해서 들으신 바가 있으신지요?

진군 중이라는 보고가 사실입니다.

그러면 당신을 우리 주인님이신 리어왕에게 모시고 가서
그분을 보살펴드리도록 하겠습니다. 어떤 막중한 원인으로 인해서
제 자신의 정체를 당분간 밝히지 않겠으나,
제가 누군지 아시게 될 때, 이렇게 저와 가까이하게 된 것을
결코 후회하지 않게 되실 것입니다. 부디
저와 함께 가시기를 간곡히 청합니다.   [퇴장]

4장

같은 곳. 한 텐트

북소리와 군기가 펄럭이는 가운데 코딜리어, 의사, 군인들 입장

코딜리어 아, 그분이시다. 아, 이제 막 만나게 된 그분은
　　　　　큰 소리로 노래를 부르며 노한 바다처럼 실성하신 채,
　　　　　머리에는 무성한 잡초와 밭고랑에 자라나는 잡초들인
　　　　　우엉, 햄록, 들풀, 독초들과 우리의 일용할 양식을 키우는 밀밭에서
　　　　　자라는 온갖 잡초들로 엮은 관[146]을 쓰고 계시는구나.　　　　5
　　　　　100명의 군사를 풀어서
　　　　　높이 자라난 무성한 들판 샅샅이 뒤져서

---

146. 잡초에 대한 이 부분의 강조는 이 극에서 상쾌하게 다가온다. 리어가 쓰고 있는 왕관
은 우리를 먹여 살리는 곡식들 사이에서 자라나는 온갖 값없는 잡초와 독풀들로 엮
은 왕관이다. 이 왕관은 왕의 권위를 우롱하는 가난의 심상(image of poverty
mocking royalty)이기도 하며, 가시관, 버림받은 자, 모든 자를 위해 고통받는 자ー
예수의 이미지(image)를 반향(echo)하기도 한다. 이 풀들은 독풀이지만 치유력을 지
닌 자연의 이중성을 표방하기도 한다.
fumiter: 서양 무리의 식물로서 약초.
furrow weeds: 밭고랑에서 자라는 잡초.
burdocks: 영국의 길가나 들판에서 많이 자라는 우엉나무.
hemlock: 미나릿과에 속하는 월년초로서 전체에 독이 있고, 독약 또는 마취제로 사용
　　　됨. 소크라테스에게 내려졌던 사약의 재료로 쓰였다고도 전해짐.
cuckoo-flowers: 뻐꾸기가 울 무렵에 피는 여러 가지 들꽃의 속명.

짐의 눈앞에 모시고 오너라― [군사 퇴장]

인간의 지혜로

그분의 상실된 의식을[147] 회복시킬 길이 없을까요?

10 회복을 도울 자는 나의 전 재산을 가져도 좋아요.

의사 있습니다.

우리 몸을 키우시는 보모는 휴식입니다.[148]

그분은 수면이 부족하십니다. 그분에게 수면을 촉구하도록 작용할

많은 약초들이 있습니다. 그 약효는 그분의 고통스러운 눈을

감겨드릴 것입니다.

15 **코딜리어** 모든 축복된 비방들과

땅에서 나오는 알려지지 않은 효력들이[149]

내 눈물로 솟아 나오기를! 이 선한 분의 고통에

도움이 되고 치유를 가져오기를! 어서 그분을 찾아내세요,

찾으세요.

그분의 통제되지 않은 격분이 인도해 줄 방도를 결한 그분의

목숨을 꺼뜨리지 않도록.

사자 입장

20 **사자** 소식을 전합니다.

---

147. beraved sense: 인간의 기본 감각기능인 분별력과 판단력의 해체를 보여준다.

148. Our foster-nurse of nature is repose: 우리의 심신을 길러주는 유모는 수면이다.

149. 리어를 강타하는 폭풍을 일으키는 자연은, 또한 리어의 갈라지고 부서진 신경과 몸을
치유해 줄 효력을 지닌 약초를 키워낸다.

영국 병력이 이리로 진격하고 있습니다.

코딜리어 알려진 사실입니다. 우리의 군사들은 저들을 맞이할 병력을

갖추고 대기하고 있어요. 오 사랑하는 아버지시여,

제가 이렇게 출동한 것은 당신의 일 때문입니다.[150]

그래서 위대하신 프랑스 왕께서는   25

저의 애도와 간청하는 눈물에 연민을 품으시게 되셨답니다.

어떤 부풀려진 정치적 야심이 우리의 병력을 출동시킨 것이 아니요,

다만 사랑, 소중한 사랑이요, 나이 드신 아버지의 권리입니다.[151]

곧 아버지의 음성을 들을 수 있고 그분을 볼 수 있다면!   [퇴장]

---

150. 이 시점에서 코딜리어의 기도는 중요한 시각적인 모티브(visual motif)를 제공한다.
이 기도는 (아버지의 뜻을 위한다는) 예수가 십자가에 처형당하기 전 겟세마네에서
의 마지막 기도와 통한다. 코딜리어는 이 기도 후에 군대를 지휘하기 시작한다.

151. 이 시점에서 코딜리어로 하여금 이번에 그녀가 병력을 이끌고 영국으로 출동한 동기
는 "정치적인 것이 전혀 아니고 전적으로 핍박받는 아버지의 권리를 찾아드리기 위
한 것"임을 밝히도록 하는 것은 실로 긴요하고 중요하다고 하겠다. 그녀의 선한 의도
는 전적으로 정치적 야욕에 근거한 에드먼드 경우와 뚜렷하게 대조된다.

5장

글로스터 성의 한 방

리건과 집사 오스왈드 등장

리건 형부의 병력이 출동했느냐?

오스왈드 네, 마님.

리건 형부도 직접 거기 가담했니?

오스왈드 마님, 한참 옥신각신 난리를 치르고 난 후였지요.
언니께서 더 훌륭하신 군인이십니다.

리건 에드먼드 백작님은 너희 집에서 너희 주인님과 이야기를
나누시지 않았니?

5 **오스왈드** 아닌데요, 마님.

리건 그분께 보내는 언니의 편지는 무얼 의미할까?

오스왈드 마님, 저는 모릅니다.

리건 정말이지, 그분은 중대한 일로 그곳으로부터 파견되셨어.
눈을 뽑은 글로스터를 살려둔 것은 큰 오산이었어.

10 그자가 당도하는 곳마다
민심이 온통 우리에게 등을 돌리도록 부추기고 있으니.
내 생각엔 에드먼드 님이 그분의 불행을 동정하여, 절망적인
그자의 목숨을 아예 제거해주려고 가신 것 같아.

적군의 병력을 정찰할 겸.

오스왈드 전 이 편지를 가지고 그분을 뒤쫓아 가야 해요, 마님. 15

리건 우리 병력이 내일 출동해. 그러니 머물렀다가 우리랑 함께 가자.

가는 길이 험하니.

오스왈드 마님, 그럴 수 없습니다.

이 일은 저의 여주인님께서 제 임무로 명하셨으니까요.

리건 어째서 언니가 에드먼드 님께 굳이 편지를 쓸 필요가 있을까?

네가 언니의 의사를 말로 전해주어도 되지 않냐는 말이야. 어쩌면, 20

그것은 묘연한 바로 그것일 거야. 내가 너를 많이 예뻐해 줄게.

어디 그 편지 좀 보자.

오스왈드 마님, 차라리―

리건 나 잘 알아. 네 마님이 자기 남편을 사랑하지 않는걸.

그건 장담할 수 있어. 그리고 말이야. 언니가 최근에 여기 있을 때

훌륭하신 에드먼드 님께 기이한 추파와 아주 의미 있는 눈길을 주었지. 25

내가 알기론 넌 언니의 심복이지.

오스왈드 원 별말씀을요, 마님.

리건 난 다 알고 하는 말이야. 넌 그래, 내가 그걸 알아.

그러니 충고하건대, 이걸 잘 들어둬.

우리 주인님은 돌아가셨어. 에드먼드 님과 나는 이야기를 나눴지. 30

그분은 네 마님보다는 나의 손을 잡으시는 게 더 편리하단 말이야.

그 이상은 네가 추측할 수 있을 거야.

그분을 만나게 되면, 부디 이것을 전해주렴.

그리고 네 마님이 너로부터 여기까지 듣게 되거들랑

부디 원컨대 남편 있는 몸임을 제대로 상기해 보길 바라.

자, 그럼 잘 가렴.

저 눈먼 역적 놈에 대한 소식을 우연히 접하게 된다면

그자의 멱을 따는 자는 승진을 누리게 될 것이다.

오스왈드 마님, 제가 그자를 만날 수만 있다면

제가 어느 편인지를 보여드리겠습니다.

리건 잘 가게.   [퇴장]

6장

도버 부근의 마을

글로스터와 농부 차림의 에드거 입장

글로스터 언제쯤 그 언덕 꼭대기[152]에 도달할 것 같으니?

에드거 지금 막 오르고 있는뎁쇼. 우리가 얼마나 힘든지 좀 보세요.

글로스터 땅이 평평한 것 같기도 하네.

에드거 무시무시하게 가파르잖아요.

　　　　 귀를 기울여 봐요, 파도 소리 들리지요?

글로스터 아니, 정말 아무 소리도 안 들려.

에드거 에이, 그렇다면 아저씨는 눈이 아프다 보니　　　　　　　5

　　　　 다른 감각들이 맛이 간 것이에요.

글로스터 정말이지, 그럴지도 몰라.

　　　　 그런데 자네 음성도 변한 것 같고 자네는 이전보다 더 똑똑하고

　　　　 조리 있게 말하는 것 같으니.

에드거 아저씬 아주 속고 계시는구먼요. 난 옷밖엔 변한 것이 없어유.

글로스터 아무래도 자네는 말을 더 잘하고 있어.　　　　　　　　　10

에드거 이리 오세요, 여기가 거기예요. 꼼짝 말고 서 계셔야 해요.

---

152. 실재하지 않으나 에드거가 말로 구축해내는 이 절벽 꼭대기는 "ironic top"으로도 일
　　 컬어진다.

얼마나 무섭고 어지러운지 몰라요,

저렇게 낮은 곳에 눈길을 주는 것조차도!

중공(中空)에서 날갯짓하는 까마귀들과 갈까마귀들은

딱정벌레만큼도 안 돼 보이네요. 그리고 거기서 절반쯤 내려간

절벽 중턱에 매달려서 바위에서 자라는 해초를 채취하고

있는 사람이 있네요. 참 위험천만한 직업인데요!

그자의 몸뚱이가 그자의 머리만큼밖에 안 돼 보여요.

모래사장을 거닐고 있는 어부들은

생쥐만큼 보이고, 저기 정박해 있는 높은 함선은

보트만 하게 보이고, 보트는 너무 작아 보일락말락 하는 부표만

　　하네요.

무수한 자갈들을 긁어대며 철썩이는 파도는 이리 높은 곳에서는

숫제 들리지도 않구먼요. 더 이상 쳐다보지를 말아야지,

머리가 빙빙 돌고 눈이 침침해져서

거꾸로 곤두박질하지 않게스리.[153]

---

153. 이 장면이야말로 마샬 맥루한(Marshall McLuhan, 1911-1980)으로 하여금 세계적인
이목을 끌었던 새로운 이론 "The Medium is the Message"를 낳게 한 직접적인 영향
과 영감을 주었음을 그의 책에서 밝히고 있다. "정보가 전달되고 받아들여지는 방식
은 정보 자체보다 그 정보에 대한 생각에 더 영향력을 행사한다"라는 이 이론을 입증
해주는 이 장면의 대사들은 주목할 만하다. 12-22행에서 에드거는 순전히 언어를 매
체로 이용하여 원근법의 확대와 축소를 자유롭게 구사하며 도버해협 끝 가파른 절벽
아래 펼쳐지는 광활한 풍경을 생생하게 구축해내는 데 성공한다.

　　15-23행까지 보여주는 에드거의 묘사는 여유 있고 팽창적인 리듬과 세밀한 심상
을 보여준다. 그것은 이 세계가 질서 있는 세계라는 느낌을 준다. 이 세계의 하찮은
투쟁들은 멀리 바라보는 사람에게는 보이지 않더라도 가소로운 것이고, 이 거대한 자

글로스터 자네가 서 있는 곳에 날 세워다오.   25

에드거 손을 이리 주세요. 이제 아저씬 가장 벼랑 끝 1피트에

　　　서 있어요. 달 아래 있는 걸 몽땅 다 준대도 난 절대

　　　거꾸로 뛰어내리진 않을 거예요.

글로스터 내 손을 놓으렴.

　　　옜다, 돈주머니를 또 하나 주겠다. 그 속에 든 지갑에는 가난뱅이가

　　　가질 만한 충분한 보석이 들어있단다. 요정들과 제신들이   30

　　　자네를 축복하여 그걸 불려 주기를! 좀 더 멀리 떨어져 가게.

　　　작별 인사와 함께 자네가 가는 소리도 들려주게.

에드거 자 안녕히 가세요, 착한 아저씨.

글로스터 참으로 고맙다.

에드거 [방백] *이렇게 그의 절망을 가지고 노는 것은*

　　　그걸 치료해 주기 위해서야.

글로스터 오, 막강하신 제신들이여!　　　　　　　　　　　[무릎을 꿇는다.]   35

　　　저는 이 세상을 하직하나이다. 당신 앞에서 내 이 커다란

　　　괴로움을 조용히 떨쳐내고자 합니다.

　　　제가 더 이상 참아낼 수 있고, 항거할 수 없는 당신의 커다란

　　　　의지와 맞서서

　　　싸우지 않게 될 수 있다면, 내 몸뚱이의 타고 남은 혐오스러운

　　연의 그림(화폭) 속에서, 인간은 아주 작은 인간이요, 그 인간들의 모든 인간사는 작
아보인다.
　　극장에서의 이 장면이 주는 독특한 효과는 에드거가 이렇게 생생하게 기술하고 있
는 일이 전혀 일어나고 있지 않다는 것이다.

40   조각이 그 스스로 연소되도록 할 것입니다. 에드거가 살아
       있다면, 오, 그 애를 축복하여 주소서!
       자, 얘야, 잘 가라.

                 그는 앞으로 떨어진다.[154]

에드거 물러갑니다, 안녕히 계십쇼. ―
       [방백] *그런데 목숨이 자살하고자 하는 충동에 굴복할 때*
       목숨이라는 보물을 망상이
45   *훔쳐 갈 수도 있는지 잘 모르겠구나. 자기가 있다고 생각하고*
        있는 그곳에
       아버지가 있었다면 지금쯤 고인이 되었을 텐데. 살았나 죽었나? ―
       여보세요! 친구! 들려요? 말 좀 해봐요! ―
       정말 이렇게 갈 수도 있겠구먼. 그런데 숨을 쉬네 ―
       당신은 누구요?
글로스터 저리 가시오. 나 좀 죽게 놔두시오.
50 **에드거** 당신은 도대체 거미줄이요, 깃털이요, 공기요 ―

---

154. 너무 높아서 쳐다보기조차 "머리가 빙빙 돌고 눈이 침침해질 정도"인 무시무시한 절
   벽 꼭대기에서의 글로스터의 절망적인 추락은 실제로 평평한 평지(무대 널빤지)에서
   앞으로 고꾸라지는 한낱 엉덩방아에 불과하다. 절망의 가장 밑바닥에서 취해진 글로
   스터의 최후의 처절한 선택이 하나의 조크(joke)로서 희화화될 위험을 감수하는 셰익
   스피어가 지향하고자 하는 것은 무엇일까? 셰익스피어는 오히려 이 조크를 살려내고
   싶어 하는 것은 아닐까? 그것이 셰익스피어의 의도라면, 아버지의 절망을 갖고 노는
   듯이 보일 수 있는 에드거는 신의 조망을 전달하도록 무대에 세워지는 신의 대리인
   역할 놀음을 맡고 있는 것은 아닌가?

저렇게 여러 길을 수직으로 떨어졌다면 —

당신은 달걀처럼 박살이 났을 텐데, 그런데 당신은 숨도 쉬고 있고

몸뚱이가 온전한 데다가, 피도 흘리지 않고, 말도 하고, 멀쩡하다니.

돛 열 개는 수직으로 세워놓을 만한 높이에서

수직으로 떨어졌는데도.   55

당신의 목숨은 기적이군요.[155]

다시 말을 해보오.

글로스터 그런데 내가 떨어진 거요, 아니요?

에드거 저기 하얀 절벽 무시무시한 저 꼭대기에서 떨어졌다오.

저 높이 올려다보세요. 저기 멀리서 날카로운 소리로 노래하는

　종달새는

보이지도 들리지도 않아요. 그냥 올려다만 보세요.   60

글로스터 아 — , 전 눈이 없답니다.

내 불행한 처지는 죽음으로 그 자체를 끝낼 그런 방도조차

박탈당한단 말이오? 불행이 폭군과 같은 저 거센 분노를 기만하고

교만한 의지를 좌절시킬 수 있을 때는 아직도 위안이 있는

때지요.

에드거 팔을 이리 주시오.   65

일어서 보세요, 그렇게. 어떻소? 걸을 수 있겠소?

당신은 서시는구려.   [그를 부축해 일으킨다.]

---

155. 잠시나마 실제로 기절한 후 깨어나는 글로스터를 향해 던지는 에드거의 장난스러운
물음, "당신은 도대체 거미줄이요, 깃털이요, 공기요 —"(50)가 "당신의 목숨은 기적
이군요"(56)라는 결론으로 유도되고 있음은 주목할 만하다.

글로스터 너무도 잘, 너무 잘 설 수 있어요.

에드거 이것은 기이한 일이오.

저기 절벽 꼭대기 위에서 당신과 헤어진 것은 무엇이었소?

글로스터 불행한 거지요.

70 **에드거** 내가 여기 아래에 서서 보니 그자의 눈은

두 개의 보름달 같았고, 그자는 천 개쯤 되는 코를 가지고 있었고,

뿔들은 노한 바다처럼 휘어지고 물결치듯 구부러져 있었소.

그것은 어떤 귀신이었소. 그러니, 운 좋으신 어르신,

다만 인간의 불가능성을 도구로 써서 그들을 영예롭게 하시는

75 투명한 신들께서 당신의 목숨을 구하셨음을 생각하시오.[156]

글로스터 이제 기억이 나오. 이제부터는

괴로움이 '이제 충분하다, 이제 그만'하고 외칠 때까지

나의 고통을 짊어지다가 죽겠소. 당신이 말한 것을 나는

사람으로 착각했지요.

그 녀석은, '마귀다, 마귀다'라고 종종 외치곤 했소.

80 그자가 나를 그곳으로 인도해주었소.

---

156. "Therefore, thou happy father, / Think that the clearest gods, who make them honors / Of man's impossibilties, have preserveed thee."(4.6.73-75) 신은 인간의 불가능성을 가지고 그들을 영예롭게 한다. 생은 실로 "strange thing"이다. 모든 소유를 상실한 글로스터는 생을 포기할 자유조차 포기당한 이 순간에, 에드거를 통하여 구원의 신비로운 가능성에 대한 통찰에 도달하게 된다. 이제 그는 생에 수반되는 고통 (affliction)을 스스로 끊으려는 시도가 얼마나 어리석고 헛되고 무의미한 것인가를 깨닫는다. 이제 그는 자신에게 부과된 생의 짐을 그의 수명이 다할 때까지 질 것을 약속한다.

에드거 절망에서 벗어나 평온하고 조용한 생각을 지니십시오.

리어, 잡초로 기이하게 치장한 옷을 입고 등장

그런데 여기 오는 자가 누구요?
더 멀쩡한 정신이 있다면 그의 주인에게 이런 옷을 입히진
　않으리다.
리어 아니야, 저들은 사사로이 돈을 위조했다고 나를 기소할 순 없어.
난 왕 자신이니까.　　　　　　　　　　　　　　　　　85
에드거 오 가슴이 터질 것 같은 광경이구나!
리어 자연은 인공보다 그 점에서 한 수 위지. 자 여기 선금이다.
저 친구는 활 다루는 꼴이 허수아비 같구나. 어디 나를 향해 활을
한껏 당겨봐라. 저기 좀 봐, 저기 좀 봐,
생쥐다! 쉿, 쉿, 이 구운 치즈 한 조각이면 끝이다. 자 나의　　90
　장갑이다.
거인을 상대로 내 결투로써 보여주마.
나에게 미늘창들을 갖다 다오. 오, 잘 날았다, 매야!
과녁을, 과녁을. 휴유! 암호.
에드거 박하 향.
리어 통과.　　　　　　　　　　　　　　　　　　　95
글로스터 난 저 목소리를 안다오.
리어 하? 흰 수염을 단 거너릴이랴? 저들은
나에게 개처럼 아부하면서 나에게 검은 수염이 나기도 전에
흰 수염이 났다고 말했지. 내가 말하는 무엇이든 간에 내가

말하는 대로

100 '네'와 '아니요'라고 했지. '네'도 됐다가 '아니요'도 되는 것은

결코, 훌륭한 신앙이 못 되지. 비가 나를 적시고

바람이 내 이를 떨게 했을 때, 천둥이

나의 명령에도 불구하고 잠잠치 않을 때, 그때 나는 알아챘어.

그때 나는 냄새를 맡게 된 거야. 정말이지, 저들은 거짓말쟁이였어.

105 저들은 내가 만능이라고 나에게 말했지만 그건 거짓말,

나도 학질에 걸리는 인간에 불과했어.

글로스터 나는 저 말투를 너무도 잘 기억하오. 왕이 아니신가요?

리어 그렇다, 나는 머리 꼭대기에서 발끝까지 왕이다.

어디 좀 봐라, 내가 한번 째려보면 신하들이 얼마나 와들와들

떠는지를.

110 내 저자의 목숨을 사면하노라. 죄목이 뭐였다고?

간음이라고?

넌 죽을 수 없어. 간음 때문에 사형이라고? 그럴 순 없어.

굴뚝새도 그 짓을 하고 쪼그만 쉬파리조차 내가 보는 앞에서

버젓이 오입질하거늘.

115 그래 왕성하게 섹스하거라. 글로스터의 서자 녀석은

합법적인 잠자리에서 태어난 내 딸년들보다

아버지에게 더 친절했거늘.

그래, 욕정껏 붙어봐라, 난 병사가 모자라거든.

저기 선웃음을 치는 계집년 좀 봐,

120 가랑이 사이로 보이는 얼굴은 눈같이 덕을 가장하고

쾌락이라는 이름만 들어도

고개를 젓지만,

암내 난 살쾡이나 실컷 풀로 배 채운 말도

그 짓에 있어서는 더 이상 광포할 수 없어.

허리 위로는 여자일지라도   125

허리 아래로는 반인반수의 괴물 쌘타우르스지.

허리띠까지만 신들의 형상을 물려받았을 뿐

아래로는 온통 마귀들이야.

거기는 시커멓고 지옥처럼 유황 냄새 나는 심연,

이글이글 타고, 녹아내리고, 악취가 나고, 썩어 들어가는구나.   130

  웩! 웩, 웩!

착한 약제사 양반, 사향 일 온스 어치 주시오,

나의 상상에서 악취를 가시게 할 방향제가 필요하오. 여기

  돈 받으시오.

글로스터 오, 그 손에 입 맞추게 해주소서!

리어 먼저 손을 닦고 나서. 썩은 사람 냄새가 나니까.

글로스터 오 파괴된 걸작이여! 이 위대한 세계도   135

그렇게 무로 끝나겠구나. 저를 알아보시겠습니까?

리어 나는 자네 눈을 잘 기억하지. 너 나를 게슴츠레

곁눈질하는 거냐? 어림없지, 실컷 수작을 부려 봐라, 눈먼 큐피드야,

결코 난 사랑에 빠지지 않을 거니까. 이 결투장을 읽어봐,

거기에 쓰인 것을 눈여겨보아라.

글로스터 그 글자들 모두가 태양일지라도 저는 볼 수가 없습니다.   140

에드거 [방백] *내가 이것을 보고로 들었다면 받아들이질 못했을 거야.*
그런데 사실이구나.[157] *이 광경을 보니 내 가슴이 빠개지는구나.*

리어 읽어봐.

글로스터 눈알 집으로 말입니까?

145 **리어** 오, 호, 너 바로 그것이 나에게 말하려는 것이지?
네 머리통엔 눈이 없고 네 지갑엔 돈이 없단 말이지? 네 눈은
무거운 처량한 처지인데, 네 지갑은 가볍단 말씀이지? 그러나 너는
이 세상이 어찌 돌아가는지 볼 수 있지.

글로스터 저는 느낌으로 보지요.

150 **리어** 뭣이라고? 미쳤지? 사람은 눈 없이도 이 세상이
어떻게 돌아가는지 알 수 있지. 귀로 봐.[158]
저기 법관이란 녀석이 저 좀도둑을 얼마나 매질하고 있는지 좀 봐.
자네 귀로 잘 들어봐. 자리를 바꾸어 보시지. 양손에 쥔 것
바꾸기 놀이[159]로구만.
너네들 중 누가 법관이고 누가 도둑이냐?

---

157. 그러나 여기에서도 그렇고 실제로 연극 무대에서 일어나는 모든 일은 실재하지 않는
환상(illusion)이다. 연극의 기능은 무대 위에 이러한 환상을 불러일으키는(evoke) 것
이다. 존재하지 않는 어떤 것도 일으킬 수 있는 연극의 (재현) 가능성은 연극의 구원
적인 가능성이기도 하다.

158. 눈이 없어도 글로스터는 이제 귀로 본다. 청각은 시각의 한계를 뛰어넘는다는 사실을
넘어서서, 리어가 간파하는 것은 눈도, 돈도, 가진 것이 아무것도 없는데도 이 세상이
어떻게 돌아가는지를 볼 수 있는 "그럼에도 불구하고"의 역설에 대한 통찰이다.

159. handy-dandy는 서양 어린이들이 주먹에 무언가를 쥔 것을 왼손과 오른손에 번갈아
바꿔주며 어느 손에 있는지를 알아맞히는 놀이. 도둑과 재판관의 자리가 바뀌기 쉬
운 정도가 왼손과 오른손으로 물건이 옮겨가는 것만큼이나 쉬운 것을 함축하고 있다.

너 본 적 있지? 농부 녀석의 개조차도 거지를 보고는 짖어대는 것을? 155

글로스터 네, 폐하.

리어 그러면 그 인간이 그 똥개 녀석으로부터 달아난단 말이지? 거기에서

권위의 대단한 모습을 볼 수가 있지 않나. 개도 관직에 있으면

벼슬아치가 받는 추종을 받는단 말씀이야.

악당 순경 녀석아, 네놈의 잔혹한 손을 멈추어라! 160

어째서 네놈은 저 창녀에게 매질을 하느냐? 네놈의 잔등이나

내밀어라.

매질하는 그 죄목의 죄를 지은 장본인이 바로 네놈이니까.

음욕에 불타서 실컷 그녀를 갖고 논 놈은 바로 네 녀석이니까.

고리대금업을 해 먹는 법관 놈이 사기꾼을 교수형에 처한단 말이지.[160]

누더기 옷들 사이로는 소소한 죄도 다 드러나는데

법복이나 털로 테를 두른 가운들[161]은 죄다 감춰주지. 죄를 165

금으로 도금해 보렴,

정의의 강력한 창도 아무도 상처를 못 주고 부러지고 말지.

누더기로 죄를 덮어봐라, 난쟁이의 지푸라기를 쑥쑥 꿰뚫고

들어가지.

아무도 죄지었다고 기소할 수 없어. 정말이지 아무도.

난 보증할 수 있어.

친구여, 내 말 믿어도 좋아, 난 기소자의 입술을 봉할 힘을 170

---

160. 중세 교회는 고리대금을 죄로 규정했다. 사기꾼을 목 매달은 법관 자신이 고리대금을
하기도 했다.

161. 재판관이나 고관들이 입는 가운에는 짐승 털로 테를 둘렀다.

가졌으니까.

자네 유리 눈을 해 박지 그래,

그러고는 고약한 사기꾼처럼 보지 못하면서도 보이는 척 사기를

쳐보지. 자, 자, 자,

자 내 장화 좀 벗겨라, 더 세게, 더 세게, 옳지.

에드거 [방백] *오! 조리와 부조리가 섞여 있구나.*

175 *광기 속의 이치로다.*

리어 자네가 내 운명을 보고 울어주고 싶거들랑 내 눈을 가져가.

나 자네를 잘 알아. 자네 이름은 글로스터지.

자넨 참아야 해. 우리는 울면서 이 세상에 나왔지.

180 우리가 처음 공기를 마셨을 때 우리는 발버둥 치며 울었던 것 알지.

자네에게 설교할 참이니 명심해 듣게나.

글로스터 아ー! 아ー!

리어 우리가 태어날 때 우는 것은

이 커다란 바보들의 무대에 오게 된 것이 서러워서 우는 것이라네.

모자 꼴이 괜찮은데. 교묘한 전략이구나.

185 한 군단의 말의 발굽을 펠트 천으로 싸가지고는,

내가 실천해 봐야. 이 사위 놈들에게 살금살금 다가간 다음에

죽여 버리는 거야, 죽여, 죽여, 죽여, 죽여, 죽여!

(시종들과) 신사 한 명 입장

신사 오, 여기 계십니다. 그분을 붙드세요ー폐하,

가장 사랑하시는 폐하의 따님께서ー

리어 도무지 구제될 수가 없다고? 뭐라고? 포로가 됐다고? 나는 190
운명의 여신의 노리개가 되도록 태어난 인간이구나. 나를 잘
대해주오.
몸값을 받게 해드리겠소. 의사를 붙여 주시오.
난 머리를 다쳤어요.

신사 무엇이든 가지실 수 있으십니다.

리어 아무 지지자가 없다고? 도무지 혼자라고?
아, 이거야말로 사내를 울보로 만드는구나. 195
눈을 가을의 먼지를 가라앉힐
정원용 물 단지로 써야겠구나.

신사 폐하―

리어 신랑답게 늠름하게 죽어야지. 무어라고?
난 명랑해질 거야. 자, 자, 나는 왕이다.
신사들이여, 자네들은 그 사실을 아는가? 200

신사 당신은 폐하이십니다. 우리는 당신께 복종합니다.

리어 그렇다면 희망이 있구나. 그래 뛰어서 내 뒤를 쫓아와 봐라,
나 잡아봐라. 싸, 싸, 싸, 싸.[162]

중앙. 시종들이 따라간다.

신사 가장 비천한 자에게서 이 모습을 보았다 하더라도 가장 애처로웠을
진대 왕에게서야 말할 것도 없소! 폐하께는 따님이 한 분 계십니다. 205

---

162. 사냥할 때 개가 추격하도록 자극하는 말.

그분이야말로 저 두 인간[163]이 자연에게 가져왔던 보편적인 저주를
대속해주실 것입니다.

에드거 안녕하십니까, 신사 양반!

신사 신이 그대를 축복하시기를. 무슨 소식이라도?

에드거 댁은 곧 발발할 전쟁에 관해 뭐 좀 들은 것이 있습니까?

210 **신사** 그것은 가장 확실하고 누구에게나 알려진 사실이지요.
소리를 들을 귀를 가진 자라면 말입니다.

에드거 그런데, 저쪽 병력이 얼마나 가까이 왔는지요?

신사 가까이 왔는데, 재빨리 진군 중에 있습니다. 주 병력은
이내 당도할 참입니다.

215 **에드거** 감사합니다. 이제 됐습니다.

신사 그러나 저 여왕께서는 특별한 이유로 여기에 오신 것입니다.
그분의 병력이 진군했습니다.

에드거 감사합니다. [신사 퇴장]

글로스터 언제나 자비로우신 제신들이여, 저에게서 숨을 거두어가소서.
저의 못된 본성이 다시는 당신이 허락하시기 전에 죽고 싶도록 유혹
하지 말도록 해주소서.

에드거 훌륭한 기도이십니다, 어르신.

220 **글로스터** 그런데 댁은 뉘신지요?

---

163. 아담과 이브로 볼 수도 있고, 거너릴과 리건으로 볼 수도 있다. 혹은 이 모두로 볼 수
도 있다. 거너릴과 리건은 리어로 하여금 자연 전반을 저주하게 만들었다. 아담과 이
브를 암시하는 것으로 본다면, 코딜리어의 임무는 자연에 대한 일반적이고 보편적인
저주를 기독교적으로 구원하는 것에 해당한다.

에드거 운명의 타격에 순종하도록 요구되었던 가장 가엾은 사람,

고통에 대한 앎과 슬픔의 감지 덕분에

연민을 제대로 느낄 감수성을 지니게 된 자올시다.

손을 이리 주시지요. 쉴 곳으로 인도해드리겠습니다.

글로스터 진심으로 감사합니다.

하늘의 은혜와 축복이   225

그대에게 풍성히 내리시기를!

오스왈드 입장

오스왈드 현상금이로구나! 억수로 재수가 좋구나!

눈 없는 네놈의 대가리야말로 무엇보다도

내 팔자를 고쳐줄 대가리로구나. 너 늙은 불행한 반역자야.

다만 이것을 기억하라. 이 칼은 네놈을 끝내주려고 칼집에서

빼냈다는 것을.

글로스터 자 그대의 친절한 손이   230

칼에 힘을 주기를.   [에드거가 끼어든다.]

오스왈드 건방진 촌놈아, 어째서

네놈은 현상 붙은 반역자 놈의 편을 드는가? 물러서라.

저놈과 같은 운명이 네놈에게 닥쳐오지 않게스리. 그놈의 팔을

  놓지 못해.

에드거 못 놓겠다. 무슨 수가 있어도.   235

오스왈드 노예 놈아, 놓아라, 아니면 너 죽는다.

에드거 신사 양반, 자네 갈 길이나 가시지, 불쌍한 사람은

지나가게 놔두시고. 내가 나 자신의 목숨을 끊을 수도 있다고
　뽐내자면,
　나는 두 주 전에 죽었을 것이다. 야, 노인네 근처에도 오지 마라.
240　경고하는데 물러서라. 물러서지 않으면 네 대갈통과 내 곤봉
　중에서 어느 것이
　더 센가를 시험해 볼 것이다.
　솔직히 까놓고 네놈에게 맛을 보여주겠다 이거다.

오스왈드　꺼져라, 똥 더미에서 나온 쌍놈아.

에드거　이빨을 빼놓겠다 이거다. 자 덤벼라, 아무리 네놈이
245　공격해 오더라도.　　　　　　　　　[그들이 싸운다. 에드거가 그를 때려눕힌다.]

오스왈드　이 노예 놈, 네놈이 나를 찔렀구나. 악당 놈아,
　내 지갑을 가져가라.
　네놈이 살아남거들랑 내 몸뚱이를 묻어다오.　　　　　　　[죽는다.]
　그리고 내 몸에서 편지를 찾아내서 에드먼드 글로스터 백작께
　전해 다오.
250　영국 진영에서 그분을 찾아라. 오, 때아닌 죽음이로다.

에드거　난 너를 잘 알지. 악이 탐하는 한껏
　네놈의 여주인의 온갖 사악한 짓에 충성할 태세가 되어 있는
　쓸모 있는 악당 녀석이지.

글로스터　무엇이? 그자가 죽었소?

에드거　어르신, 앉아서 좀 쉬시지요.
255　그자의 주머니를 좀 봅시다. 그자가 이야기하는 이 편지들은
　나에게 유익할지도 모르겠구려. 그자가 죽었어요. 그자의

다른 사형집행인이 없다는 게 유일하게 유감일 뿐이군요.

어디 좀 봅시다요.

착한 풀아. 자 떨어져다오, 예의여, 우리를 책망하지 말지어다.

우리 적수의 심중을 꿰뚫어 보는 것쯤이야 보다 합법적이지 않은가.

저들의 심장도 도려낼 판인데 말이야.   260

'우리 서로의 맹세를 기억하기로 해요.

당신은 그자를 베어버릴 기회가 많아요,

당신의 의지만 결하지 않는다면, 시간과 장소는 충분히 제공될

   테니까요.

그자가 정복자로 돌아온다면 다 수포로 돌아가는 거예요. 그때엔

   저는 포로가

되는 것이고, 그의 침대는 나의 감옥이 될 거예요. 저 혐오스러운   265

체온으로부터 저를 구출해 주시고, 그 침대를 당신이 힘쓰는

자리로 대체해 주세요.

          '당신의 — 아내'라고 말하고픈 —

                   사랑하는 종,

                         거너릴 올림.'   270

오, 한계를 모르는 여자의 욕정이여!

그녀의 덕스러운 남편의 목숨을 없애고

그 자리를 나의 아우로 채우려는 음모로구나! 여기, 이 모래 속에

네 녀석을 매장하노라, 한계를 모르는 살육적인 간음녀의

불경한 심부름꾼이여. 때가 무르익으면   275

이 추악한 편지로 살해당할 모략을 받았던 공작의 눈을

놀라게 하겠다. 그분을 위해서 내가 너의 죽음과 용무에 대해서
말씀드릴 수 있게 된 것은 잘된 일이다.

글로스터 왕이 실성하였소. 나의 이 지겨운 감각은 어찌나 질긴지요.
280 이렇게 지탱하면서 나의 엄청난 슬픔을 예리하게 느끼고 있다니!
차라리 내가 실성했더라면 더 좋았을 것을.
나의 생각들이 나의 슬픔과 분리되어,
망상에서 비롯된 근심으로 자신에 대한 지각을 잃어버리게 될 수
있도록 말이오.

[멀리서 북소리]

에드거 손을 이리 주세요.
285 멀리서 북소리가 들리는 것 같습니다.
어르신, 이리 오십시오. 친구가 있는 곳으로 모시겠습니다. [퇴장]

7장

프랑스 진영의 한 텐트[164]

코딜리어, 켄트, 의사와 신사 입장

코딜리어 오 좋으신 켄트여! 제가 어떻게 해야 살아생전 당신의 선행에
합당한 보답을 할 수 있을까요? 그러기엔 저의 생이 너무 짧고,
어떤 척도로 가늠해 보아도 경의 충성에 못 미칠 것입니다.

켄트 인정받는 것은 이미 충분한 이상으로 보상받은 것입니다.
제가 말씀드린 것은 덧붙이지도 덜하지도 않은 단순한 사실   5
그대로입니다.

코딜리어 더 좋은 옷으로 갈아입으세요.
이 옷은 저 불행한 시간에 대한 상기자이니
부디 벗으세요.

켄트 용서하십시오.
지금 저의 정체가 알려지는 것은 제가 의도하는 계획을 그르치게
됩니다.
부디 부탁드리오니 제가 적절하다고 판단되는 때가 될 때까지는   10
저를 모르는 것으로 해주시길 바랍니다.

코딜리어 그러면 그렇게 하세요, 좋으신 분―

---

164. 도버 부근의 프랑스 진영

왕은 어떠신가요? [의사에게]

의사   여전히 주무십니다.

코딜리어   오 친절하신 제신들이여,

15   잔인하게 박대받으신 그분이 받은 이 큰 상처를 치유해주소서!

오, 자식 때문에 이렇게 변하게 되신 아버지[165]로부터

조율이 엉클어지고 불협화음을 내는 감각들[166]을 조정해 주소서!

의사   왕비님께서 왕을 깨우지 않으시렵니까?

충분히 오래 주무셨으니까요.

코딜리어   아시는 바에 따라서 가장 최선이라고 생각하시는 쪽으로

20   실행하세요. 옷을 다 입으셨나요?

하인이 메고 온 의자에 앉은 리어 입장

신사   네, 왕비님. 깊이 주무시는 동안, 우리가 새 옷을 입혀드렸습니다.

의사   선하신 왕비님, 우리가 그분을 깨울 때 곁에 계셔 주세요.

이제 그분의 자기 통제력을 염려하시지 않아도 좋습니다.

코딜리어   좋아요.   [음악]

25   **의사**   부디 가까이 가시지요. 거기 음악을 더 크게 해주세요.

코딜리어   오, 나의 사랑하는 아버지! 감각을 회생케 하는 힘이여,

나의 입술에 약효를 실어주소서. 그리하여 이 키스가

두 언니들이 당신의 노구에 가한

저 혹심한 상처들을 치유케 해주소서.

---

165. 어린애처럼 변한 아버지로도 볼 수 있고, 자식 때문에 실성한 아버지로도 볼 수 있다.
166. 실성한 리어의 정신(mind)은 현이 다 풀어진 현악기에 비유되고 있다.

켄트　따뜻하시고 사랑이 지극하신 공주님!

코딜리어　당신은 언니들의 아버지가 아니셨던가요? 이 백발은 저들의　　30
연민을 불러일으킬 만했을 터인데. 바로 이 얼굴이
몰아치는 바람과 맞섰던 그 얼굴이던가요?
깊고 낮은 소리를 내는 무서운 벼락을 품은 천둥을 대면하고서
신속히 하늘을 가로지르며 가르는 번개의
가장 무섭고 재빠른 공격을 받으며 — 가련한 파수꾼이시여!　　35
이리도 얇은 맨머리의 투구로 버티셨단 말입니까? 저의 적의
　개일지라도,
비록 나를 물은 적이 있었을지언정, 그런 밤에는 마땅히 우리 집
　벽난로 곁에서
밤을 나도록 했을 터인데. 가련한 아버지시여, 당신은
한 줌의 곰팡내 나는 지푸라기로 견디며 돼지와 버림받은
거렁뱅이들과 같은 움막에 거하실 수밖에 없었단 말입니까?　　40
아, 아! 당신의 목숨과 정신이 당장 끝장나지 않은 것이 기이하군요.
깨어나십니다. 말을 걸어보세요.

의사　왕비님께서 그분께 말을 거세요. 그편이 가장 적절하니까요.

코딜리어　나의 아버지시여, 어떠신가요? 폐하, 어떠십니까?

리어　당신이 나를 무덤에서 꺼내신 것은 잘못하셨소.　　45
당신은 천당에 거하는 영혼이지요. 허나 나는 지옥의 불 수레에
묶인 몸이오.[167] 제 눈물들이 녹아내리는 납처럼 꾸짖고 있소.

---

167. 리어는 자신이 지옥에 있고 불 바퀴의 벌을 받는 것으로 생각하고 있다. 여기에서 천
당과 지옥에 관해 말하는 리어의 말은 선과 악에 대한 용어라기보다는 축복과 고문

코딜리어 저를 아시겠습니까?

리어 내가 알기로 당신은 정령이오. 언제 돌아가셨소?

50 **코딜리어** 아직, 아직 한참 멀었어요.

의사 그분은 이제 막 깨어나셨습니다. 잠깐 놓아 드리시지요.

리어 이제까지 나는 어디에 있었나요? 지금 내가 있는 곳은

어딘가요? 아름다운 햇빛이시여.

저는 몹시 기만당했어요. 이와 같이 다른 분을 만나기 위해 저는

애처로운 죽음을 맞이할 수밖에 없군요. 저는 무슨 말을 해야 할지

모르겠습니다.

55 저는 이것이 제 손인지조차 장담할 수 없습니다. 어디 보자,

핀으로 찌르니 아프군. 내가 나 자신의 상태를 확신할 수 있다면!

코딜리어 오, 폐하, 저를 바라보세요.

그리고 손을 들어 저를 축복해 주세요.

안 됩니다, 무릎을 꿇으시면 아니 됩니다.

리어 부디, 나를 조롱하지 마십시오.

60 나는 그저 한낱 아주 어리석은 멍청이 늙은이올시다.

한 시간도 더도 덜도 말고, 꼭 팔십이 넘어선.

그리고 솔직히 말씀드리자면

난 온전한 정신이 아닌 것 같소.

어쩌면 당신과 이 사람을 알 것도 같소.

65 그러나 확실치가 않아요. 여기가 어딘지조차

도무지 알 수 없으니까요. 아무리 애써도 난

의 용어로서 그의 고민의 근원이 되는 양심의 이야기를 전하고 있다.

이 옷들이 기억이 안 나는군요. 또한, 내가 간밤에
어디서 잤는지조차 모른다오. 나를 비웃지 마오.
내가 살아 있는 것만큼이나 확실히 이 숙녀분은
나의 자식 코딜리어 같소.

코딜리어 그렇습니다. 그렇습니다.[168]

리어 눈물로 젖어 있다니? 정말이지, 부디 울지 말거라.
네가 나를 위해 준비한 독약이 있다면 마시겠다.
난 네가 나를 사랑하지 않는다는 걸 알아. 내가 기억하기에
너의 언니들은 나에게 잘못했어.
넌 날 사랑하지 않을 이유가 있지만, 저들은 없어.

코딜리어 아무 이유 없습니다. 없습니다.[169]

리어 내가 프랑스에 있소?

켄트 폐하 자신의 왕국에 계십니다.

리어 나를 기만하지 마시오.

의사 선하신 왕비님, 위안을 가지십시오. 보시다시피 그분의
커다란 정신 착란은 진정되었습니다. 그러나 그분이 상실하신

---

168. "And so I am, I am.": '성취된 사랑의 무한한 긍정'을 담고 있는 이 "I am" 속에 코
딜리어가 쏟아져 내리고 있다. 이 "I am"은 자아를 어떤 울타리 속으로 한정시키거
나 폐쇄하지 않고 무한히 열어놓는 말이다. 이 개방은 곧 사랑이다.

169. "No cause, no cause.": 사랑의 개방은 이유를 따지지 않는다. 이 대답에서는 "필요를
따지지 말자"라던 리어의 말처럼 원인(cause)이 지양되고 있다. 1막에서 "Nothing"이
라는 하나의 단어가 전 왕국을 뒤흔들고 혼돈으로 몰아갔듯이, 여기에서 no cause라
는 두 단어를 통해서 파괴되고 분열되었던 왕국이 치유되는 구원의 가능성으로 옮겨
지고 있다. 관객은 다시금 언어의 엄청난 힘을 생생히 체험한다.

시간의 간격을 채우시려 하는 것은 위험합니다.

들어가시도록 청하시지요. 더 안정되실 때까지 더 이상 괴롭혀

드리지 마시지요.

코딜리어 폐하, 걸으시겠습니까?

리어 나를 참아줘야겠소.

제발 비노니 잊고 용서해주오. 나는 늙고 어리석은 자요.

리어, 코딜리어, 의사와 시종들 퇴장

신사 콘월 공작께서 그렇게 칼에 찔려 돌아가셨다는 보고는

사실로 판명 났습니까?

켄트 가장 확실한 사실입니다.

신사 그분 병력의 지휘관은 누구입니까?

켄트 듣기로는 글로스터 공작의 서자라고 합니다.

신사 공작의 추방된 아들 에드거는

켄트 백작과 독일에 있다고 합니다.

켄트 보고는 변하기 마련입니다. 조심해야 할 때입니다. 이 왕국의

병력이 막 가까이 오고 있습니다.

신사 싸움의 결과는 참혹할 것 같습니다.

안녕히 가시오.

켄트 오늘 싸움의 승패에 따라

나의 목적과 결과가 좋게 혹은 나쁘게 결정될 것이다.　　　　[퇴장]

5막

1장

도버 근처의 영국 진영

북소리와 군기가 펄럭이는 가운데, 에드먼드, 리건, 장교들,
군인들과 다른 사람들 등장

에드먼드 공작의 최종 결정이 아직 유효한지

혹은 어떤 연유로든 진로를 바꾸기로 이끌렸는지 알아보라.

그는 동요와 자책으로 꽉 차 있으니,

그의 확고한 결심을 알아 오렸다.　　　　　　[한 장교에게 이른 후 퇴장]

5　**리건**　우리 언니가 보낸 자가 확실히 변을 당한 것 같아요.

에드먼드 아무래도 그런 것 같습니다.

리건　그런데 정다운 당신,

당신은 당신에게 드리고자 하는 저의 호의를 아시죠?

저에게 이야기해 주세요, 그러나 진실하게 진실을 이야기해 줘요.

당신 우리 언니 사랑하지 않아요?

에드먼드 명예에 합당한 사랑일 뿐입니다.

10　**리건**　그런데 당신은 우리 형부밖에는 아무도 갈 수 없는 저 금지된

자리에 들어가 본 적이 있지 않아요?

에드먼드 그렇게 생각하신다면 속고 계신 겁니다.

리건　암만해도 당신은 언니랑 몸을 합하고 언니랑 절친한 사이 같아요.

언니의 사람이라고 부를 만큼.

에드먼드 제 명예를 걸고 맹세컨대 절대 아닙니다.

리건 결코 언니가 우리를 갈라놓는 것을 참지 않을 거예요. 사랑하는
나의 주인님, 언니랑 가까이하지 말아요.

에드먼드 그 점에서는 저에 대한 염려를 놓으십시오.

북소리와 군기가 펄럭이는 가운데 올버니, 거너릴, 군인들 등장

거너릴 [방백] *쟤가 그분과 나를 이간하는 걸 당하느니*
차라리 전쟁에서 졌으면 좋겠어.

올버니 친애하는 처제, 잘 만났소.   20
공작, 내가 들은 바로는 왕께서 따님에게로 오셨다고 하오.
우리의 혹정으로부터 반동을 강요당했던 다른 자들과 함께 말이오.
내가 정직할 수 없었던 바로 그 자리에서
나는 결코 용감해질 수 없었소. 이 과업에 관해서 말하자면
짐의 마음을 움직이고 있소. 그 이유는 유감스럽지만   25
프랑스 측이 우리를 침공해 올 때 가담한 자들이
가장 정당하고도 중대한 이유에서[170]
왕을 지원하는 것이라기보다는
우리의 영토를 침략한다는 것이오.

에드먼드 참 고상한 말씀이시군요.

리건 이런 걸 따지는 이유가 뭐예요?

---

170. 올버니는 최근 영국 정부의 혹정을 시사하고 있다.

거너릴 우리가 단합해서[171] 적군에 맞서야 하는 마당에

30   이런 사사로운 내부의 의견충돌들은

         이 자리에선 문제가 되지 않아요.

올버니 자 그러면

         전쟁에 오랜 경험이 있는 군인들의 주도하에

         우리의 진로를 결정하도록 합시다.

에드먼드 공작님 진영의 텐트에 즉각 대령하겠습니다.

리건 언니, 우리와 함께 가실 거지요?

35 **거너릴** 아니.

리건 그편이 가장 합당할 텐데요. 부디 우리와 함께 가요.

거너릴 [방백] *오라! 내가 네 속내를 잘 알지.*[172]

         [큰 소리로] 나 갈 거야. [에드먼드, 리건, 거너릴, 장교들, 군인들, 시종들 퇴장]

                    변장한 에드거 등장

에드거 각하께서 아주 불쌍한 사람과도 이야기를 나누신다면

         한 마디만 제 말을 들어주십시오.

올버니 내 이내 자네들 뒤를 따라잡겠네. 자 말해 보시오.

40 **에드거** 각하께서 이 전쟁을 시작하시기 전에 이 편지를 열어보십시오.

         승리를 거두시게 되면, 이 편지를 가져온 자를 위해

         나팔을 울려주십시오. 비록 제가 겉모습은 남루하나

---

171. 거너릴 측과 리건 측 두 군대의 단합.

172. 거너릴이 그곳을 떠나지 않고 남아 있다가 에드먼드와 같이 회의에 들어가 서로 접
     촉할 기회를 얻지 못하도록 막으려는 리건의 속셈.

저는 거기에 주장한 대로의 모습을 입증하게 될

챔피언을 보여드릴 것입니다. 만일 전쟁에서 패하시게 되면

이생에서의 생은 끝나는 것이니   45

당신의 목숨을 노리는 모든 음모 또한 끝입니다.

행운의 여신이 당신을 사랑하시기를!

올버니 내가 이 편지를 다 읽을 때까지 기다리시오.

에드거 그럴 수가 없습니다.

때가 되면 전령으로 하여금 나팔을 부르도록 해주십시오.

그때 제가 다시 나타나겠습니다.

올버니 자, 그럼 안녕히 가시오. 당신의 편지를 자세히 읽어보리다.   50

에드거 퇴장
에드먼드 다시 입장

에드먼드 적군이 시야에 들어왔습니다. 병력을 정비하십시오.

세밀한 정찰을 해서 얻어낸

저들의 정확한 병력에 대한 평가보고서입니다. 다만 각하의

신속한 출동이 시급히 요구되고 있습니다.

올버니 비상사태에 대비하도록 하겠소.   [퇴장]

에드먼드 이 두 자매에게 나는 사랑을 맹세했지.   55

서로가 투기로 상대방을 의심하는 정도가 가히

뱀에 물린 정도랄까. 어느 쪽을 가질까?

둘 다? 하나만? 둘 다 차 버려? 둘 다 살아 있으면

어느 쪽도 즐길 수가 없단 말이야. 과부를 취한다면

언니 거너릴이 열 받아서 돌아버릴 거고,

그녀의 남편이 살아 있으면

대권을 향한 내 목적을 거의 달성할 수가 없지.

자 그렇다면 짐은

전쟁 동안엔 그자의 얼굴을 이용해야겠어. 이용한 후에는,

그자를 제거하고 싶어 안달인 그녀 자신이

그를 재깍 처치하는 방도를 고안해내도록 하는 거야. 또한, 그자가

리어와 코딜리어에 대해 품고 있는 자비심에 대해 말하자면,

전쟁이 끝나고 이 둘이 포로가 되어 내 수중에 있게 될 때

결코, 그자는 사면될 수가 없지. 왜냐면 나의 입장은

옳고 그른 이치에 대한 심사숙고가 아니라 정치적인 방어가

　　우선이니까.　　　　　　　　　　　　　　　　　[퇴장]

2장

두 진영 사이의 벌판

안에서 나팔 소리. 북소리와 군기가 펄럭이는 가운데, 리어와 코딜리어와
다른 병사들 등장했다가 퇴장. 에드거와 글로스터 입장

에드거 어르신, 여기 나무 그늘에서

피난처를 취하시지요. 옳은 쪽이 승리하도록 기도해 주십시오.

제가 다시 돌아온다면

당신께 위안을 가져오리다.

글로스터 신의 은총이 당신과 함께하기를!

에드거 퇴장
나팔 소리에 이어 퇴각. 에드거 다시 입장

에드거 어르신, 자리를 피하십시오! 저에게 손을 주십시오. 어서

피하셔야 합니다!

리어왕이 패배했습니다. 그분과 따님은 체포되었습니다.[173]   5

손을 이리 주세요, 어서요.

글로스터 한 발짝도 못 나가겠소. 여기서 썩어지겠소.

---

173. 바로 직전 2행에서 "옳은 쪽이 승리하기를" 염원하나 이의 실현에 대한 에드거의 믿
음은 즉시 좌절된다.

에드거 무슨 말씀을? 헛된 생각에 다시 빠지시다니요? 인간은
이리로 온 것을 참아내야 하듯이 여기를 떠나는 것 또한
참아야 합니다.
닥쳐오는 것을 맞을 준비가 되어 있는 것이 최선입니다. 자.

글로스터 그 말 또한 진리이군요. [퇴장]

3장

도버 근처의 영국 진영

북소리와 펄럭이는 군기 사이로, 정복자로서 에드먼드 등장.
리어와 코딜리어 포로로서 등장.[174] 장교들, 군인들, 기타 등장

에드먼드 장교 몇 명은 이들을 끌고 가라. 철저히 감시하라.

저들을 재판할 상관의 의사가 알려질 때까지.

코딜리어 최선의 의도를 가지고 행동했음에도 불구하고

최악의 결과를 초래하게 되었던 사람은 우리가 처음은 아닙니다.

박해받은 왕이시여, 저 자신은 헛된 운명의 여신의 찌푸림에 맞서   5

도전할 수 있으나

제가 이렇게 쓰러지게 된 것은 당신을 위해서입니다.

아버지의 딸들인 저 언니들을 만나보지 않으시겠어요?

리어 아니, 아니, 아니, 아니야! 자, 우리 감옥으로 가자.

우리 둘이서만 새장 속의 새들처럼 노래하자꾸나.

---

174. 사악한 에드먼드가 정복자로서 등장하고 코딜리어의 선한 군대가 패배하여 코딜리어
가 리어와 함께 포로로 등장하는 모습을 보여주는 이 지문은 '*King Lear* Scandal'의
절정을 보여준다. 스캔들(Scandal)의 어원은 그리스어의 σκάνδαλον(스칸달론)으로
서 걸림돌, 거리낌을 의미한다. 3-4행의 대사가 시사하듯 실로 이 세계에서 우리가
마주하는 현실은 원인과 결과 사이의 수긍할 만한 관계나 연속점을 찾기 힘들다는
사실을 흔히 발견하게 해준다.

네가 나에게 축복을 구하면, 나는 무릎을 꿇고

너에게 용서를 구할 거야. 그렇게 우리 살아가자꾸나.

기도하고, 노래하고, 옛이야기들을 말하며,

도금한 나비들¹⁷⁵을 웃어주면서, 가엾은 간수 녀석들이

궁중 소식을 지껄이는 걸 들으며 녀석들과 함께 얘기를 나누자꾸나.

15 누가 망하고 누가 흥하는지, 누가 들고 누가 나는지.

마치 우리가 신의 스파이들¹⁷⁶이나 되는 듯

사물의 신비를 꿰고 있는 척하자꾸나. 그렇게

네 벽으로 둘러진 감옥 속에서 달의 지배를 받아 밀려갔다

들어 왔다 하는 조수같이 흥망 무쇠 하는 집단과 당파들에 속한

잘난 인간들보다 오래 살자꾸나.

에드먼드 저들을 데려가라.

20 **리어** 나의 코딜리어야. 날 위하는 너의 그런 희생에 대해서는

신들 자신도 향을 뿌려 줄 것이다. 나 너 잡고 있는 것 맞지?

우릴 갈라놓으려고 하는 놈은 마치 여우를 내몰듯이

하늘에서 횃불¹⁷⁷을 가져와서 우리에게 들이대야 할 거다.

눈물을 닦으렴.

25 저들이 우리를 울게 만들기 전에, 악마가 놈들을

털이 달려 있는 가죽 채로 모조리 삼켜버릴 거다. 기필코 놈들이

---

175. 불 따라 모여드는 나방처럼 권력을 쫓아 위선과 기만을 서슴지 않는 궁중인들.

176. 마치 신으로부터 모든 인간사를 이해할 수 있는 힘을 부여받고 인간사를 정찰하고
보고하는 임무를 부여받은 천사와 같은 신이 보낸 정탐꾼.

177. 여우 굴에 숨은 여우를 나오게 하는 유일한 방법은 불과 연기를 지피는 것처럼, 하늘
의 불만 우리를 갈라놓을 수 있다. 즉 지상의 어떤 힘도 우리를 떼어 놓을 수 없다.

아사해 죽는 것을 우리가 먼저 보게 될 거야.

가자.   [리어와 코딜리어, 경비에 호송되어 퇴장]

에드먼드 이리로. 잘 들어.

이 지시서를 받아라. [종이를 한 장 건네며] 저들을 감옥으로

호송해가라.

한 단계 너를 승진시켰는데,

여기 지시한 대로 이행한다면 너는   30

근사한 행운의 길로 들어선 것이다. 이 점을 잘 알아야 해.

자고로 인간이란 세상 형편에 따라서 행동해야 해. 마음이

  부드러워지는 것은

군인에게는 어울리지 않는 법. 자네에게 맡겨진 막중한 임무는

논란의 여지가 없지. 할 것인지,

아님 다른 방도로 팔자를 고칠지 말해 보거라.

장교 하겠습니다, 각하.   35

에드먼드 착수하라. 그 일을 이행했을 때 자네는 행복한 자라고 치부하라.

명심하라 ─ 곧장 착수하되, 내가

적은 대로 처리해야 한다.[178]

장교 제가 말처럼 수레를 끌거나 마른 귀리를 먹을 수는 없을지라도

그것이 사람의 일이라면 하겠습니다.   [퇴장] 40

    나팔 소리. 올버니, 거너릴, 리건, 장교들과 시종들 입장

---

178. 코딜리어가 자살한 것 같이 꾸미는 일.

올버니 당신은 오늘 용감한 기상을 보여주었소.

행운이 자네를 잘 인도해주었구려. 이 전쟁의 적수인 포로들이

지금 당신 수하에 있소.

이제 내가 그들을 요구하는 바이오.

45 저들의 공적과 우리의 안전을 똑같이 고려해서

저들에 대한 취급을 결정할 것이오.

에드먼드 각하. 제 판단으로는 저 나이 든 불행한 왕을

지정된 감시인을 붙여 감금하도록 보내는 것이 적합하다고

보았습니다.

고령의 나이는 사람을 끄는 힘이 있거니와 게다가 왕이라는 칭호는

50 그의 편으로 민중의 마음을 끌어당겨서

우리가 징병한 군인들이 우리의 눈을 찌르게 되기 십상이지요.

그분과 함께 왕비도 보냈는데

같은 이유에서입니다.

저들은 내일 혹은 앞으로 당신이 재판을 개최할 때 출두하도록

55 대기시켜 놓았습니다. 지금

우리는 땀과 피를 흘리고 있습니다. 친구는 친구를 잃었고,

최상의 이유로 시작하게 된 정의의 전쟁일지라도

그 통렬함을 느끼는 저들로부터 저주받고 있습니다.[179]

코딜리어와 그 부친의 문제는 더 적절한 자리가 요구됩니다.

60 **올버니** 실례지만

---

179. 에드먼드는 이러한 상황에서, 결코 리어와 코딜리어의 선한 동기가 고려되는 공정한
재판을 받을 수 없음을 암시한다.

난 자네를 이 전쟁에서 내 동료가 아니라

다만 하나의 부하로서 여기고 있다네.

리건　그분을 어떻게 여길지는 제가 그를 어떻게 대우하는가에

달려있어요.

제 생각엔 형부가 그리 심하게 말하기 전에

제 의지를 물으셔야 했다고 봐요. 그분은 제 병력을 지휘했고,

저의 지위와 개인에 대한 권위를 위임받고 있어요.　　　　　65

그 사실은 제 직접적인 대리인임을 정당화해주지요.

그러니 형부를 동료로서 불러 마땅해요.

거너릴　그리 열 올리지 마시지.

그분 자신의 고귀한 가치가 그분을 올려놓고 있어요.

그대가 칭호와 직분을 얹혀주지 않더라도.

리건　저의 정당한 권리에 입각해서 그분에게 보태진다면

그분은 최고의 지위와 동등해지지요.　　　　　70

거너릴　네 남편이 된다 해도 그 이상 올려줄 것이 없겠구나.

리건　익살꾼이 종종 예언자가 되는 수도 있지요.

거너릴　아추, 아추!

너에게 그렇게 말한 저 눈은 사팔뜨기였을 거야.

리건　전 몸이 안 좋아요. 그렇지 않으면 한껏 쏟아부어 줄 텐데. 장군님,　75

제 병사들과, 포로들과, 세습재산을

저에게서 가져가세요. 저는 당신 거예요.

이 자리에서 당신을 제 남편이자 주인으로서

온 세상에 선포합니다.

거너릴 그분을 독점하겠다 이거지?

80 **올버니** 당신 마음대로 그것을 막을 순 없소.

에드먼드 당신도 막을 수 없소.

올버니 서자 친구여, 나는 할 수 있어.

리건 [에드먼드에게] 북을 쳐서 제 타이틀이 당신 것임을 입증해 주세요.

올버니 잠깐만 멈추게. 이유를 들어보게. 에드먼드, 난 자네를

대역죄로 체포하네. 또한, 자네와 공범으로서

이 도금한 뱀을 [거너릴을 가리키며] 체포하겠다. 아름다운 처제여,

85 당신의 주장에 대해서,

내 아내의 권익을 위하여 나는 반대를 표명하겠소.

내 아내는 이자에게 두 번째 결혼을 약속한 약혼한 사이요.

또한, 그 남편인 나로서는 당신의 결혼 선언에 반박하는 바요.

결혼하려면 나에게 구애하도록 하오.

내 아내는 약혼했으니.

90 **거너릴** 웃기는 막간극이네.

올버니 글로스터, 자네는 아직 갑옷을 입고 있소. 나팔을 불게 하겠소.

당신이라는 인간의 흉악하고 자명한 막중한 반역들을

입증할 자가 나타나지 않는다면

내가 도전하겠소. [장갑을 던진다.] 내가 그것을 자네 심장에

95 증명하기 전에는 빵을 입에도 대지 않겠소. 자네는

이 자리에서 내가 자네에 대해 선포한 것에 지나지 않은 존재에

불과함을 입증하겠소.

리건 토할 것 같아! 오 토할 것 같아!

거너릴 [방백] *그렇지 않다면, 난 결코 약을 안 믿겠어.*

에드먼드 자, 나의 답이오. [장갑을 던진다.]

도대체 그자가 누구든 어떤 신분이든 간에

나를 반역자라고 지칭하는 자는 악당 같은 거짓말을 하는 것이오.

당신의 나팔을 부시오. 감히 나타나는 자가 있다면   100

그가 누구일지라도 그자에게 나는

나의 진실과 영예를 확실히 입증할 것이오.

올버니 전령, 나와라!

에드먼드 전령, 나와라! 전령!

올버니 당신 자신의 힘에만 의지하시오. 내 이름으로 소집된

당신의 모든 군사들은 내 이름으로   105

해산되었으니.

리건 증세가 심해져 가요

올버니 처제가 몸이 안 좋아요. 내 텐트로 모셔가시오.

[부축을 받고 리건 퇴장]

전령, 이리 나오시오 –

전 령 한 명 등 장

나팔을 울려 주시오 –

그리고 이것을 낭독하시오.

장교 나팔을 울려 주시오.   [나팔이 울린다.]

전령 '군대 진영 안에 귀족의 혈통을 타고난 자나 높은 지위에 있는   110

자로서 소위 글로스터 백작으로 가정되는 에드먼드라는 자에 대해

그가 막중한 반역자임을 주장하고자 하는 자가 있다면
세 번째 나팔 소리에 등장하도록 하라. 그자는 자기방어에
대담한 자로다.

115 **에드먼드** 울려라!   [첫 번째 나팔 소리]

전령 다시!   [두 번째 나팔 소리]

전령 다시!   [세 번째 나팔 소리]

                                                          [안에서 응답 나팔 소리]

갑옷을 차려입은 에드거가 그의 앞에 나팔을 들고 등장

올버니 그자에게 물으시오. 어째서 그는
이 나팔 소리에 응하여 나타났는지 그의 목적이 무엇인지를.

전령 그대의 신분은?
그대의 이름은? 그대의 지위는? 방금 부른 나팔에 그대가 응한 이유는?

120 **에드거** 들어 보시오. 나의 이름은 잃었소.
반역의 이빨로 물어뜯기고 벌레에 다 파 먹혔소.
그러나 나는 이 결투에서 내가 상대하려는 적수만큼이나
고귀한 신분이오.

올버니 그 적수는 어떤 자요?

125 **에드거** 글로스터 백작 에드먼드 편에서 대변할 자가 누구요?

에드먼드 그 자신이오. 당신이 그자에게 할 말은 무엇이오?

에드거 칼을 빼시오.
만일 나의 말이 고결한 가슴에 거슬린다면,
당신의 팔로 당신을 정당화해줄 수 있소. 여기 내 칼을 빼어보시오,

이것은 나의 명예와,

나의 맹세와, 나의 신분의 특권이오.

당신의 힘과 젊음, 지위와 탁월함에도 불구하고,   130

당신의 승리를 거둔 칼과 갓 버린 행운과

당신의 용맹과 당신의 담력에도 불구하고 당신은 반역자요.

제신들과 그대의 형제와, 그대의 아버지를 기만하고,

가장 지고한 자리에 있는 왕족을 음모한 자요.

당신의 머리 꼭대기로부터

당신의 발아래 가장 밑바닥에 깔린 먼지까지

당신은 가장 악행으로 얼룩진 반역자요! '아니'라고 말해보시오.

이 칼이, 이 팔이, 그리고 나의 최상의 기상이

당신이 거짓말하고 있음을   140

당신의 가슴패기에 증명하겠소.

에드먼드 신중을 기하자면 당신의 이름을 물어봐야겠지만

당신의 외양이 아주 준수하고 투사답고

당신의 기품 있는 말투를 보아서

기사도의 법칙에 따라 안전하게 규칙에 맞추어 연기할 수도 있는   145

법적인 나의 권리를 주장하지 않겠소.

저 반역 죄목을 당신의 머리에 도로 던져 주겠소.

별로 상처도 내지 않고 스쳐 지나가는

당신의 가슴을 압도하고 있는 지옥과도 같이 혐오스러운

  거짓말과 함께.

내 칼로 곧장 도로 당신에게 찔러 넣어

거기에서 영원히 머물게 할 것이오.

150 나팔이여, 울려라!

      나팔 소리. 그들이 싸운다. 에드먼드가 쓰러진다.

올버니 그를 구하시오, 그를 구하시오!

거너릴 글로스터 백작, 이건 음모예요.

      무예의 규칙에 의하면 당신은 누구인지도 알지 못하는 적수에게

      응할 의무가 없어요. 당신은 굴복한 게 아니어요.

      모략에 걸리고 기만당한 거예요.

올버니 입 닥치시지, 마님.

155   그렇지 않으면 이 편지로 내가 틀어 막아줄 터이니까. 멈추시지.

      어떤 이름보다 더 나쁜 당신, 자 당신 자신의 악을 낭독해 보지.

      부인, 찢으시면 안 되지. 당신이 이 편지를 잘 알고 있음을 나는 잘

      알아요.

거너릴 설사 나의 소행이라 할지라도 내가 주권자지 당신은 아니니까

      그 행위 때문에 누가 나를 체포하겠어요?

올버니 이렇게 끔찍할 수가!

      당신 이 편지 잘 알지?

160 **거너릴** 내가 알고 있는 것에 대해 묻지 말아요.   [퇴장]

올버니 그녀 뒤를 쫓아가시오. 악에 받쳐있으니, 진정시켜요.

                                        [장교 한 명 퇴장]

에드먼드 당신이 나를 기소한 그 죄를 나는 저질렀소.

      아니, 더 이상, 훨씬 이상이오. 시간이 그 죄를 드러낼 것이오.

그것은 다 지난 일, 이제 나는 여기에 와 있소. 그런데

이러한 결과를 나에게 가져온 당신은 어떤 자요? 당신이 고귀한

신분이라면,   165

나는 당신을 용서하겠소.

에드거 우리 자비를 교환합시다.[180]

에드먼드, 나는 당신보다 혈통이 못하지 않소.

더 이상이라면, 그만큼 당신은 나에게 잘못한 거요.

내 이름은 에드거, 당신 아버지의 아들이오.

제신들은 공정하구나. 우리가 쾌락을 느끼는 악행을 가지고   170

우리를 벌할 도구를 만들어내시니.

너를 태어나게 한 저 어둡고 음란한 잠자리가

그분의 눈을 찌르게 했구나.

에드먼드 옳은 말씀입니다. 그렇습니다.

운명의 수레바퀴가 완전히 한 바퀴 돌아서 나는 여기에 있습니다.[181]

올버니 어쩐지 당신의 바로 그 걸음걸이가 왕족의 기품을   175

---

180. 내가 당신을 죽이는 것을 당신이 용서하듯이, 나도 당신이 나에게 지은 죄를 용서하
     게 해주오(Muir). 칼에 맞아 죽어가는 에드먼드 옆에서 에드거가 제신들의 정당성을
     목격하는 이 지점은 에드먼드의 악한 군대에 의해 의로운 군대가 즉시 패하던 역설
     이 지양되고 있는 지점이기도 하다. 신이 보여준 역설은 또한 신 속에서 지양되고 있
     다. 이 지점에서 에드거는 에드먼드에게 화해의 악수를 청한다. 지금은 슬퍼할 때가
     아닌 사랑할 때이다.

181. 에드먼드는 자신에게 도전해오는 '이름을 잃은' 익명의 사나이와 결투를 벌이다 이내
     그의 칼에 쓰러지며 자신의 용어로 '운명의 수레바퀴'의 교리를 말한다. "운명의 수레
     바퀴가 완전히 한 바퀴 돌아서 나는 여기에 있습니다"(174). 마침내 그는 인간의 간
     교한 지식이 결코 기만할 수 없는 역사와 시간의 몫을 인정한다.

예고하는 것 같았소. 당신을 안아봐야겠소.

자네나 자네 아버지를 내가 증오한 적이 있다면 슬픔으로

　내 가슴이 터질 것이오.

에드거 훌륭한 군주시여, 저는 그 마음을 잘 압니다.

올버니 어디에 숨어 있었소?

180　어떻게 당신 부친의 불행을 알게 되었소?

에드거 그 불행을 돌보다가 알게 됐지요. 간단히 이야기를 들어보십시오.

이야기를 들으셨을 때, 오 내 가슴이 터질 것 같군요!

저를 바싹 따르던 저 잔혹한 지명수배령은 - 오, 우리의 생이

　보유한 감미로움이여,

그것은 우리로 하여금 비록 생이 매 순간 죽음과 같은 고통과

　같을지라도,

185　한 번에 죽는 것보다는, 연명하여 시시각각 죽음의 고통을

　맛보는 것을

선택하도록 하는 힘을 가지는군요 - 저로 하여금 광인의

누더기로 옮겨가도록 가르쳤고, 개들조차도 혐오할 모습으로

가장하도록 했지요. 이러한 복장으로

막 소중한 눈을 잃고 피가 흐르는 눈을 한

190　아버지를 만났습니다. 그분의 길 안내자가 되었고,

그분을 인도하고 그분을 위해 구걸하고, 절망에서 구해드렸지요.

그런데 - 오, 그것은 잘못이었소. - 결코, 그분께 저의 정체를

　드러내지 않았습니다.

30분쯤 전에 제가 갑옷을 다 차려입고 떠나오기 직전까지 말입니다.

결투에서 이렇게 성공할지 확신할 수 없었기에 말입니다.

그제야 아들임을 밝힌 나는 그분의 축복을 청했고,   195

그분께 내 여정의 자초지종을 말씀드렸습니다. 그러나 그분의

금이 간 지친 심장은

아ㅡ! 이 갈등을 지탱하기엔 너무 약해지셔서

기쁨과 슬픔의 극단의 감정들 사이에서

미소를 머금고 파열하셨습니다.

에드먼드 형님의 이야기는 저의 마음을 움직였습니다.

그래서 좋은 일을 할까 합니다. 그런데 이야기를 계속하십시오.   200

더 하실 말이 있는 것 같군요.

올버니 더 할 이야기가 있고, 더 슬픈 이야기라면, 조용히 간직하시지요.

저는 이 이야기를 듣고도

이미 눈물로 거의 녹을 지경이니까요.

에드거 이 이야기는

슬픔을 좋아하지 않는 자에게는 슬픔의 막바지로 여겨지겠으나,   205

그러나 슬픈 이야기는 더 남아 있어서,

이미 과도한 것을 증가시켜 한도를 훨씬 넘어서게 할 것입니다.

제가 소리 높여 통곡할 때 한 남자가 왔습니다.

그분은 가장 고약한 상태의 내 모습을 보고

넌더리 나는 나와 함께 하기를 피했던 자였지요. 그러나 그때   210

그리도 견뎌냈던 그자가 누구였는지를 알게 되자 그의 억센

두 팔로 저의 목을 꽉 껴안고는 하늘이 터져라고 목놓아 우는

　것이었습니다.

몸을 저희 부친에게 던지고는 리어왕과 그분 자신에 대한

귀로 들을 수 있는 가장 애처로운 이야기를 들려주었습니다.

215 이 이야기를 상세하게 전하는 과정에서

그의 슬픔이 강렬해져서 그분 생명의 실이[182]

끊어지기 시작했습니다. 그때 두 번째 나팔이 울렸고,

저는 거기에 그분을 실신한 채 두고 떠나왔던 것입니다.

올버니 그런데 그분은 누구십니까?

에드거 켄트 경이십니다. 추방당한 켄트 백작님 말입니다. 그분은 변장

하고 자신의 적이신 왕을 따랐고, 노예조차 그렇게 할 수 없는[183]

220 충성스러운 봉사로 그분을 섬겨왔습니다.

신사 한 명 피 묻은 칼을 들고 등장

신사 도움을, 도움을, 오 도와주세요!

에드거 어떤 종류의 도움을?

올버니 이야기해 보시오.

에드거 이 피투성이 검은 무엇이오?

신사 뜨겁습니다. 김이 납니다.

저 심장에서 빼낸 것입니다—오, 그분은 돌아가셨습니다!

225 **올버니** 누가 죽었단 말이오? 말해 보시오.

---

182. 늙고 시달려 온 켄트 또한 이 격정으로 심장이 파열되기 시작한다.

183. 리어와 거의 같은 시각에 숨을 거두는 켄트는 충성된 신하의 대명사라 할 수 있다.
리어가 그를 인정하든 인정하지 않든, 그는 신하로서 왕인 리어에게 한결같이 충성
하며 주인이 가는 죽음의 길조차도 따라나서는 자로 끝까지 리어의 동행자로 남는다.

신사 부인께서, 부인께서 돌아가셨고, 자매분은
　　　부인 손에 독살당하셨습니다. 고백하셨습니다.

에드먼드 나는 그 두 여성에게 약혼을 한 사이요. 이제 우리 셋 모두가
　　　한순간에 결혼하는구려.

에드거 여기 켄트 경이 오십니다.

올버니 저들을 끌어내시오. 아직 숨이 붙어 있든 죽었든 간에.　　　230
　　　이러한 하늘의 심판은 우리를 떨게 할 뿐
　　　우리에게 연민을 불러일으키지는 않구려.　　　[신사 퇴장]
　　　[켄트 등장] 오! 이자가 그분이오?
　　　지금은 예의에 합당한 형식을 허락하질 않는군요.

켄트 제가 온 것은
　　　왕이시며 나의 주인이신 분께 작별 인사를 고하러 온 것입니다.　　　235
　　　그분은 여기에 계시지 않습니까?

올버니 가장 중요한 것을 잊고 있었군요!
　　　에드먼드, 말하라. 왕은 어디에 계시느냐? 그리고 코딜리어 님은?
　　　켄트 경, 이 광경을 보시지요.　　　[거너릴과 리건의 시체가 실려 온다.]

켄트 아― 어째서 이런 일이?

에드먼드 그러나 에드먼드는 끔찍이 사랑을 받았다오.
　　　한 여자가 나 때문에 다른 여자를 독살한 후　　　240
　　　자살했으니까요.

올버니 그렇게까지. 저 얼굴들을 덮으시오.

에드먼드 내 숨이 다 돼가오. 나의 사악한 본성에도 불구하고
　　　좋은 일을 해볼까 하오. 곧 성으로

245   서둘러서 사람을 파견하시오.

내 영장에는 리어왕과 코딜리어 님의 목숨에 관해 적혀 있소.

자, 늦지 않게 사람을 파견하시오.

올버니 달리시오, 달리시오! 오, 달려가시오!

에드거 공작님, 누구에게 말입니까? 누가 이 임무를 맡았습니까?

사면의 표시를 보내주세요.

에드먼드 잘 생각하셨습니다. 여기 이 칼을 가져가

250   장교에게 주시오.

올버니 전력을 다해서 달려가시오.   [에드거 퇴장]

에드먼드 그자는 투옥되어 있는 코딜리어 님을 감옥에서 목매달고

절망 때문에 스스로 저지른 일처럼

일을 꾸미라는 지시를 부인과 저에게서

255   받았습니다.

올버니 제신들이 그녀를 지켜주시기를![184] 그동안 저자를 내가라.

[에드먼드가 끌어내진다.]

리어가 죽은 코딜리어를 팔에 안고 등장[185]
에드거, 관리와 다른 자들 등장

---

184. 이 선한 기도 또한 즉각 좌절된다.

185. 이 지문은 '*King Lear* Scandal'의 절정을 첨예화해준다. 코딜리어의 죽음은 리어 세계
가 안겨주는 가장 견디기 힘든 스캔들이다. 관객이 받아들이기 실로 힘들어했던 셰익
스피어 텍스트가 출간된 지 15년 후, 마침내 1681년 테이트(Tate)의 개작이 나온다.
코딜리어는 죽지 않고 살아남아 왕국을 통치할 새 왕으로 세워진 에드거와 결혼하고,
리어는 이 부부의 효성스러운 돌봄을 누리며 여생을 보내는 해피엔딩으로 끝나는 테
이트의 개정판은 원작을 제치고 무려 150년간 공연용으로 채택되어 왔다.

리어   아이고! 아이고! 아이고! 너희는 돌로 만들어진 인간이더냐.

내가 너희의 혀와 눈이 있다면 그것들을 써서

하늘의 천장이 금이 가도록 했을 터인데. 그녀는 영원히 갔어.

나는 사람이 죽어 있는지 살아 있는지를 알아.   260

그녀는 흙처럼 죽어 있구나. 내게 석경을 하나 빌려주오.

그녀의 숨이 석경을 흐리게 하거나 얼룩지게 한다면

정말이지, 그렇다면 그녀가 살아 있는 게야.

켄트   이것은 세상이 끝나는 종말이오?

에드거 아니면 공포가 그려낸 환상입니까?

올버니 세상이여 무너져 내리고 종말을 맞이하라!

리어   이 깃털이 움직이는구나. 그녀가 살아 있구나. 그렇다면   265

내가 여태껏 느껴온 모든 슬픔이 대속될 기회가 있는 거야.

켄트   오 나의 좋으신 주인님!   [무릎을 꿇는다.]

리어   제발, 가주시오.

에드거 고결하신 켄트 경이십니다. 폐하의 친구이십니다.

리어   이 살인자들, 모두 배신자인 네놈들 염병이나 걸려라.

나는 그 아이를 구할 수도 있었어. 그런데 걔는 영원히 갔구나! –   270

코딜리어, 코딜리어! 잠깐만 머물러다오. 하?

너 뭐라고 말하고 있지? – 그 아이의 목소리는 언제나 부드럽고,

정답고 나지막했지. 여성으로선 참 훌륭한 목소리였어 –

너를 목매단 저 빌어먹을 노예 놈을 내가 죽여줬지.

신사   여러분, 그것이 사실입니다. 그러셨습니다.

리어   여보게, 내가 그러지 않았나?   275

나는 한때 꽤나 잘 물어뜯던 나의 구부러진 검으로

그 녀석을 날려 버릴 수 있었을 날도

살아왔었지. 그런데 이제 나는 늙었어.

이 좌절감이 나를 낭패케 하는구나. ─당신은 뉘시오?

내 눈 상태가 좋지 않구나. 단번에 그걸 말해 줄 수가 있어.

280 **켄트**   운명이 사랑하면서 미워했던 두 사람에 대해서 떠들어대고 있다면

      우리가 지금 바라보고 있는 자가 그중 한 명입니다.

리어   눈이 침침하구나. 자네는 켄트가 아닌가?

켄트   바로 그자입니다. 켄트. 바로 폐하의 하인 켄트입니다.

      폐하의 하인 카이우스는 어디에 있습니까?

리어   그자는 훌륭한 친구였지. 그 점만큼은 자네에게 말해 줄 수 있어.

285   그자는 언제든 싸울 수 있지. 그것도 잽싸게 말이야. 그자는 죽어서

      썩었어.

켄트   아닙니다. 폐하. 제가 바로 그 사람입니다─

리어   나 그 점을 단박에 알아볼 수 있어.

켄트   폐하의 슬픈 여정의 처음부터 끝까지

      따랐던 것을 말입니다.

리어   자네 여기 온 걸 환영하네.

290 **켄트**   누군들 그렇지 않겠습니까? 모든 것이 음산하고, 어둡고,

      절망적이군요. 큰 두 따님은 스스로 파멸의 길을 택하셨습니다.

      끔찍한 죽음을 맞이했습니다.

리어   그래, 나도 그리 생각하네.

올버니   그분은 자신이 무슨 말씀을 하는지 모르십니다.

우리의 의견을 말씀드리려는 것은 헛된 시도 같습니다.

사신 한 명 등장

에드거 아주 헛된 일이지요.

사신 에드먼드 님이 돌아가셨습니다, 각하.

올버니 그 소식은 여기에서는 하찮은 일에 불과하오.   295

대신들과 고귀한 친구들이여, 짐의 의도를 발표하겠소.

이 커다란 손실에 대하여 위안을 가져다줄 수 있는 것을

마련하고자 하오. 짐에 대해 말할 것 같으면 짐은 왕위를 물러나

이 노왕께서 살아계시는 동안 그분께 짐의 절대 주권을

양도하고자 하오. ─또한, 당신들께는 [에드거와 켄트에게]

당신들에게 마땅한 권리를 넘겨드리고   300

당신들의 명예로운 행위가 합당한 것 이상을 보여준 것처럼

별도의 영예와 특권을 덧붙여 드리고자 하오. 모든 친구들은

그들의 덕에 대한 보상을, 모든 적은

그들에게 마땅한 잔을 맛보게 될 것이오. 오! 저 광경 좀 보시오!

보시오![186]

리어 불쌍한 나의 바보가 교수형을 당했구나! 생명이, 생명이,

생명이 없어져 버렸어!   305

어째서 한 마리의 개도, 말도, 쥐새끼조차 생명이 있거늘

너는 도무지 숨이 사라졌단 말이냐? 너는 다시는 오지 못한단 말이지.

---

186. 리어에게 어떤 육체적인 변화가 일어나서 보는 사람들은 그의 죽음이 가까운 것을
직감하게 된다.

다시는, 다시는, 다시는, 다시는, 다시는!

여보시오, 부디 이 단추 좀 풀어 주오. 고맙소.

310 이것 보이시오? 그녀를 좀 보시오, 보시오, 저 입술을.

저기 좀 보시오, 저기 좀 보시오.[187]   [죽는다.]

에드거 폐하께서 실신하십니다! ─폐하, 폐하!

켄트 가슴이여, 터져라, 부디, 빠개져라.

에드거 폐하, 좀 올려다보세요.

켄트 떠나가는 그분의 영을 괴롭히지 마시고, 오! 가시게 놔두세요.

그분은 이 지독한 세상의 고문대 위에 그분을 더 눕혀놓는 자를

증오할 것입니다.

315 **에드거** 정말 그분은 떠나가셨군요.

켄트 그분이 그렇게 오래 견디신 것은 경이롭군요.

그분은 수명 이상으로 사셨습니다.

올버니 이곳에서 모셔가시오. 우리가 지금 할 일은

국상으로 모시는 일입니다. [켄트와 에드거에게] 내 영혼의 친구들이여,

320 당신 두 분께서 이 영토를 통치해 주시고 상처투성이의 이 나라를

지켜주소서.

켄트 각하, 저는 이내 떠나야 할 여정[188]이 있습니다.

---

187. 리어는 죽기 직전 코딜리어가 살아서 입술이 움직이는 모습을 보며 기쁨으로 죽는다.
그러나 비평가들이 해석하듯이 이제까지 그가 겪어온 고난이 상쇄되기에는 여기에서
그가 누리는 기쁨은 찰나이고, 그가 보는 것은 순간적인 환상일 뿐이다.

188. 켄트의 임박한 죽음을 의미하는 다른 세계로의 여행. 켄트는 평생 그토록 헌신적으로
받들었던 그의 주인이 떠난 후 살아남아 나라를 통치하는 대신 주인이 떠난 저편 세
계로의 길까지 함께하는 동행자가 된다. 그의 심장도 머지않아 파열할 것이다.

저의 주인님께서 저를 부르시니, 아니라고 거절할 수가 없습니다.

에드거 우리는 이 슬픈 시간의 무게에 순종해야겠습니다.

이제는 해야 할 말이 아니라, 느끼는 대로 말하시오.[189]

가장 나이 든 자는 가장 많이 견뎌냈고, 젊은 우리들은

그렇게 많은 것을 앞으로 보게 되지도, 그렇게 오래 살게 되지도

않을 것입니다.

[장송곡과 함께, 퇴장]

---

189. 에드거가 무대 위의 관객들을 향해—그럴싸한, 근사한 말—"해야 할 말" 대신 "느끼
는 대로" 정직하게 말할 것을 요청한다. 이 정직성이야말로 이 극을 쓰는 극작가로서
의 셰익스피어의 선택이었음을 발견한다. 우리가 사는 세상의 온갖 모순과 괴리감을
있는 그대로 비춰주는 거울의 기능을 성실하게 감당하고 있다.

■ 마지막 말[190]

> "이제는 해야 할 말이 아니라,
> 느끼는 대로 말하시오."

『리어왕』의 세계를 통하여 셰익스피어는 그의 극이 결코 안전한 보은 (인과응보)의 성취로 나아가도록 놓아두지 않는다. 셰익스피어가 에드먼드를 죽이는 바로 그때 에드먼드의 칼은 코딜리어를 죽이고 있었다! 악한 자의 칼이 무고하고 선한 자의 목을 자르는 부조리한 참상은 인간 역사의 일부로서 어제도 오늘도 되풀이해서 일어나는 광경일 뿐이다. 코딜리어의 경우가 "최선의 의도를 가지고 최악의 결과를 초래하게 되었던 첫 인간"이 아님을(5.3.3-4) 우리는 경험으로 잘 알고 있다.

코딜리어의 주검을 안고 "그녀는 영원히 갔어. . . . 흙처럼 죽어 있구나"(5.3.259-61)라고 리어가 절규할 때 우리는 철저한 종말을 체험한다. 그녀는 확실히 죽었고, 그녀의 죽음과 함께 온 땅이 죽었음을 우리는 알알이 실감한다. 어떤 내세관도 어떤 구원관도 모두 좌절되고 있다. 리어가 죽은 코딜리어의 몸에서 마지막으로 보는 살아 있다는 가능성은 "가정"(if)에 불과하다. 리어는 그가 믿던 마지막까지 좌절되었음을 안다. 그가 확실히 느끼는 것은 오직 이 철저한 좌절뿐이다.

---

190. 이 부분은 이 극의 마지막 대사인 에드거의 말에 대한 마지막 주석 189의 연장이다. 내용상 『리어왕』 전체에 대한 주석에 해당되고, 특히 이 극이 난해하게 다가오게 하는 요인에 대해 조명하고 있어 주목할 만한 중요성을 띠므로 각주 자리에서 바탕글로 독립시켜 적고 있음을 밝힌다.

하늘은 스스로 돕는 자를 모두 버렸다. 『리어왕』의 세계에서 모든 인간은 결국 스스로를 돕지 못하는 인간이었다. 인간들은 기도의 좌절을 통해, 그들은 결코 스스로 신을 불러낼 수 없음을 체험한다. 인간은 단지 신이 불러낼 때 응답할 수 있는 존재일 뿐이다. 또한 그 신이 인간을 불러내어 구원의 가능성으로 인도하는 방식은 인간이 상상할 수도 없는 방식을 통해서이다.

리어도, 코딜리어도, 거너릴도, 리건도, 에드먼드도, 에드거도, 올버니도, 콘월도, 오스왈드도, 실로 그들에게 보장된 척도는 없었다. 신들은 리어에게서 철저히 안전의 틀을 구축하는 척도를 박탈한다. 궁극적으로 보장된 것이 아무것도 없는 이 세계. 이 세계에서 확실한 것은 아무것도 없다. "In this play, . . . nothing is guaranteed"(Marvin Rosenberg, *The Masks of King Lear*. Berkeley: U of California P, 1972, 272). 확실하게 말할 수 있는 보장된 말도 없다. 그에게 궁극적으로 요청되는 마지막 말은 정직하라는 것이었다(5.3.324).

안전의 끝인 절벽 가장자리까지 갔을 때 글로스터에게 새로운 가능성의 통로가 열렸듯이, 셰익스피어는 인간에게 열리는 미래의 구원 가능성을 제시하기에 앞서 어떤 안전의 토대도, 존재 근거나 머리 둘 곳도, 보장된 어떠한 척도도 분쇄한다. 제신들은 부당하게 고난받는 리어를 위해 그의 악한 적들에게 복수해주는 대신, 오히려 그를 기습하며 기습에 성공한다. 그리고 제신들은 이 리어에게서 지금까지 그의 존재를 지탱해 온 모든 것을 박탈한다. 왕관이 벗겨진 맨머리를 누일 거처조차 박탈당한 채 저녁을 굶은 허기진 배를 움켜쥐고 폭풍우가 강타하는 밤 황야 속을 떠도는 리어는 마침내 온전한 정신까지 떠나가며 실성한다. 모든 것이 벗겨지고 상실된 이제, 언제나 한결같이 그의 안위를 진심으로 염려하는 유일한 자식 코딜리어의 죽음을 마주하는 리어는 마지막 것까지 철저하게 박탈당한다.

셰익스피어는 코딜리어를 통한 사랑의 프로그램 같은 것은 적어도 허용하지 않는다. 인간의 수중에 들어올 프로그램은 '완성'이라는 끝을 전제로 한 것이며 "끝"이란 과거형으로 끝남을 전제로 하는 것인 이상, 괴테가 말했듯 인간의 손안에 든 것치고 썩지 않는 것은 없다.

셰익스피어는 삶의 독특한 존재 양식을 '단절'의 의미를 통해 살리고 있다. 글로스터를 도버 해협 절벽의 가장자리까지 올려놓고 사라진 "불쌍한 톰"(Poor Tom)처럼 셰익스피어는 독자를 절벽의 가장자리까지 끌고 가 세워놓은 후 사라진다. 이 수직의 절벽처럼 셰익스피어는 우리에게 시간의 단절성에 대한 체험을 요구한다. 과거와 미래 사이의 연결점은 없다. 시간을 연속으로 보지 않는 셰익스피어는 연대기적인 발전론을 믿지 않는다. 실로 수고의 차원과 보상의 차원은 달랐다. 또한 수고와 보상은 정비례하지도 반비례하지도 않는 한, 섣부른 낙관론도 섣부른 비관론도 다 지양되고 있다.

셰익스피어는 사랑을 살리기 위해 코딜리어를 죽인다. 그리하여 사랑은 언제나 인간의 수중에 포착된 과거가 아닌, 미래의 가능성으로 오도록 열어놓고 있다. 이것이 리어(*Lear*) 세계의 스캔들(거리낌)이 극복되게 하기 위해 셰익스피어가 살려놓은 스캔들이다.

모든 안전한 척도를 포기당하고, 스스로 생명을 끊음으로써 불행을 끝장내려는 "독재자의 분노를 닮은" 거세고 도도한 마지막 의지조차 좌절당하는—포기할 자유조차 포기당하는—때야말로 인간이 생의 놀라운 기적을 체험하는 순간이 되고 있음을 우리는 글로스터를 통해 목격한다. 이 순간이야말로 우리가 "신들은 우리의 불가능성(impossibilities)을 가지고 우리를 영예롭게 한다"는 발견과 함께 글로스터가 체험한 '생의 기적' 앞에 세워지는 순간이다.

'무'(nothing)가 가진 신비로운 구원의 가능성을 향해 자신을 온전히 열어놓을 때 우리는 고백할 수밖에 없다. 생은 각자에게 주어진 우연이 가져다준 무조건적인 선물임을. ─"가난하므로 가장 부유하고, / 버림받았으므로 가장 선택받고, 멸시받았으므로 가장 사랑받는", "값을 매길 수 없이 귀중한"(1.1.258-59, 267) 선물임을.

작품설명*

세계문학의 위대한 걸작으로 여겨져 왔던 『리어왕』은 그렌빌 바카가 말했듯 셰익스피어의 극 중 가장 위대한, 동시에 가장 어려운 작품("the greatest play, but the most difficult play")이기도 하다. 찰스 램은 이 극이 불러일으키는 엄청난 정서적 효과는 오직 마음의 극장에서만 완전히 실현될 수 있으므로 리어는 연기될 수 없다고 주장했다. 그러나 램의 시대부터 오늘날에 이르기까지, 충실한 이해와 뛰어난 연기력에 기초한 이 극의 공연들은 종이 위 기록을 읽을 때의 제한성을 넘어서 어떤 연극적 가능성을 열어 보여왔다. 무대나 스크린 위에서, 피터 브룩, 그리고리 코진체프, 구로사와 이키라 같은 감독에 의해 탄생된 『리어왕』들은 교실에서 배울 수 없는 것을 배우게 해준다.

20세기 대부분의 기간 동안 이 극에 대한 해석은 다양한 기독교적 해석의 틀 안에 갇혀 있었다. 그러나 1960년대에는 이 비극을 "죄, 고통, 희생,

---

* 이 작품해설은 2010년에 출간된 펭귄 클래식 『리어왕』에 수록된 키어넌 라이언의 서문에 크게 힘입고 있음을 밝힌다.

그리고 구원에 대한 우화"로 읽던 비평적 합의가 붕괴되고, 세속적이고 인간주의적인 해석으로 대체된다. 무자비한 우주에서 살아가는 인간 존재의 냉혹한 부조리를 목격하게 만드는 이 비극이, 이제 다른 누군가에게는 말할 수 없는 고뇌와 절망에서도 지켜낼 수 있는 인간 존엄성의 증거를 의미하는 것으로 읽히게 된다. 1980년대에 들어서면서 대두된 새로운 정치적 비평은 이 극이 셰익스피어 시대와 우리 시대의 사회를 통치하는 이념들을 용인하거나 배척했는지에 관한 연구를 주요 목표로 삼게 되고, 후기 구조주의, 신역사주의, 문화 유물론, 페미니즘, 정신분석 이론 등 혼란스러울 정도로 다양한 접근법으로 넘쳐나게 된다. 또한, 이 극의 텍스트에 관한 격렬한 논쟁거리로써 사용된 판본에 따른 작품 해석의 다양성이 거론된다. 이 비극을 제대로 이해하려면 어느 판본을 채택할 것인가? 1608년에 출간된 사절판? 혹은 이 사절판과 큰 차이를 보이는 1523년의 이절판? 혹은 이절판과 사절판을 결합해 양자의 장점을 살리고자 편집된 텍스트? 하지만 이러한 비평적 쟁점보다 정말로 중요한 질문은 이 극은 무엇에 관한 것이며, 왜 그것이 중요한가이다.

이 작품이 연극화하려는 이야기는 단순하다. 두 명의 아버지와 그들의 가족에 관한 이야기로, 주 플롯에서는 한 노왕이 자신을 진정으로 사랑하는 딸을 알아보지 못하고 어리석게 거부한다. 대신 사악하고 교활한 딸들을 잘못 신뢰하고 전 왕국과 권력을 내어준 후, 황야에서 고통받으며 정신 착란으로 방황하게 된다. 죽음이 고통에서 그를 구제해주나 이미 사악한 딸들이 먼저 죽고 난 다음, 헌신적인 막내딸의 죽음을 대면한 이후이다. 이와 평행을 이루는 부 플롯에서는 이 왕을 모시는 귀족이 서자의 속임수에 넘어가 적자인 큰아들이 자신을 살해할 것이라는 두려움에 사로잡히고 큰아들의 상속권을 서자에게 넘기기로 하고 도망간 큰아들을 체포하려고 현상수배령을 내린다. 서자의 배신으로 결국 두 눈이 뽑히는 고통을 겪게 되고, 왕처럼 폭풍우에 몸을 맡긴 채 절망감에 휩싸여 정처 없이 떠돌게 된다. 마침내 죽음으로 고통이 사라지기 직전, 효성이 지극한 큰아들과 화해하고, 큰아들은 기사도 결투를 통해 사악한 동생을 해치운다. 결말에서 주요 인물 세 명을 제외한 모두가 죽음을 맞는다.

셰익스피어는 이렇게 단순한 이야기를 비극으로 바꾸어 놓음으로써 결코 단순하지 않은 효과를 창출하고 있다. 그는 1605년 후반에서 1606년 초반 사이에 이 작품을 집필한 것으로 추정된다. 이 시기는 그의 상상력과 표현력이 정점에 이르렀던 시기로서, 이미 희극, 역사극, 비극 등 20여 편이 넘는 작품을 창작한 경험을 바탕으로 글을 쓰고 있었다. 그는 이 작품의 집필 전 10년간 『리처드 3세』(1592-1593), 『리처드 2세』(1595), 『줄리어스 시저』(1599) 등의 비극을 통해 군주의 몰락과 권력자의 파멸이라는 주제를 탐구했다. 최초의 완숙한 비극인 『햄릿』(1600-1601)은 비극 형식의 아주 유연한 변형을 보여주면서 앞으로 올 『리어왕』에서 본격적인 작동을 보여주는 대담하고 철학적인 사색이 가능한 형식을 만들었다. 『오셀로』(1603-1604)와 『리어왕』 다음에 집필한 『맥베스』(1606)는 가족적 친밀감의 가장 어두운 구석까지 탐색을 시도한다. 이 탐색의 시작을 보여주는 『햄릿』은 가족 관계의 핵심에, 부모와 자식 간의 신성한 유대관계 속에 도사리고 있는 것에 대한 두려움이라는 차원에서 『리어왕』과 유사성이 있다. 『리어왕』의 집필과 함께 작업한 『아테네의 타이몬』(1605)은 부와 권력을 소유한 관대한 남성에 초점을 맞추는데, 마침내 주인공은 가까운 지인들의 철면피한 배은 망덕에 진저리 치며 욕설과 울분 속에 망명길에 이른다. 극작 경력의 마지

막 시기에 나온 『페리클레스』(1607)와 『겨울이야기』(1609) 같은 로맨스
극에서는 유사한 주제—영원히 잃어버렸다고 생각했던 딸과 아버지의 만남
이라는—로 다시 복귀한다—이 만남과 함께 오는 흐뭇한 결말 속에서. 이
만남은 『리어왕』에서는 아주 잔인하게 철저히 배제되고 있다.

『리어왕』이 나오기 여러 해 전에 나온 목가적인 낭만 희극『좋으실 대
로』 또한 가족이라는 같은 주제에 축제적 반전을 선사하고 있다. 이 비극과
희극 양 작품에서 통치자는 문명화된 사회에서 쫓겨나 거친 벌판에서 자연
적 요소의 지배를 받게 되고, 그곳에서 마침내 추방당했던 딸과의 관계를
회복한다. 착한 아들은 형제의 악의 때문에 내쳐지고 살아가기에 적합하지
못한 땅으로 달아나고, 그곳에서 노쇠한 늙은이를 돌보게 된다. 이렇게 셰
익스피어는 극작 경력 전반을 통해 지속적으로 이 주제로 되돌아오며 이 주
제에 대한 깊은 관심을 보여주고 있다.

『리어왕』의 희곡 구성을 위해 의존한 소재는 익명으로 1605년에 출간
된 『레어왕과 그의 세 딸 고노릴, 라간, 코델라에 대한 진정한 연대기 사극』
(*The True Chronicle History of King Leir and his three daughters, Gonorill,
Ragan, and Cordella*)[1]이다. 출처가 되는 이 리어왕의 이야기에 셰익스피어
는 많은 중대한 변형을 가하고 새로운 내용과 인물들도 추가했다. 그 대표
적인 인물이 광대와 오스왈드이다. 또한 리어를 완전히 광기에 빠져들게 만
들고, 원전에 담긴 기독교적 내용의 흔적 제거를 통해 더욱 삭막하고 이교
도적 우주 속에 등장인물들을 철저히 고립시킨다. 무엇보다 가장 큰 차이는
자비로운 결말을 완전히 뒤집어 놓은 점이다. 『레어왕』은 결국 노왕은 다

---

1. 이 연대기 사극은 일찍이 출간보다 10여 년이나 앞선 1594년 무대에 올려졌다. 키어넌
라이언은 셰익스피어 자신이 배우에 포함되었을 가능성을 이야기한다.

시 왕위에 오르고, 코델리아는 안전하게 귀향하며 모든 등장인물이 생존하는 것으로 끝나는 희비극이다. 반면『리어왕』은 왕의 권위가 완전히 박살 나고, 세 딸과 다른 많은 주위의 사람들이 죽음을 맞으며 완전한 비극으로 끝난다.

셰익스피어의 『리어왕』이 보여주는 위안을 전혀 남기지 않는 잔인한 대단원은, 여태껏 전해 내려오는 리어왕에 관한 어떤 이야기들에도 전례 없는 것으로서, 작품에 대한 관객의 기대를 한껏 어긋나게 만들고자 하는 작가 의도의 결과이다. 셰익스피어와 원전 사이의 이야기를 다루는 방식의 차이는 극작가의 복잡한 전망을 부각한다. 부 플롯을 위한 영감의 출처는 필립 시드니의 산문 로맨스『아카디아』의 초판(1590)으로 알려져 있다. 부 플롯의 경우 원전과의 가장 중요한 차이는 제2권 10장에 등장하는 레오나터스와 달리 에드거가 미친 거지 불쌍한 톰으로 가장하고, 여정의 마지막 순간에 이르기까지 아버지에게 자신의 정체를 감춘다는 사실이다. 또한, 암벽 꼭대기로 데려가 달라는 아버지의 요구를 거절하는 레오나터스의 에피소드를, 에드거는 아버지를 속여 실제로는 존재하지 않는 절벽에서 떨어지도록 이끄는 기발한 장면으로 발전시키고 있다.『아카디아』에서 덕망 있는 아들은 아버지를 대신해 왕좌에 오르고, 행실을 고친다는 조건으로 사악한 형제를 용서하는 것과 달리, 셰익스피어는 에드거가 에드먼드에게 치명상을 입히게 만들고, 또한 리어왕 이후의 통치를 에드거가 맡게 될 것이라는 기대를 관객들이 하지 못하게 함으로써 대단원의 순간에 잠깐 드러날 수 있는 일말의 위안마저 완전히 잠식시키며 비극의 암울함을 배가한다.

그 외 이 극의 중요 자료로서 가톨릭교 엑소시즘에 대해 새뮤얼 하스넷이 쓴 책『지독한 가톨릭교 사기 선언』(1603)과 함께, 같은 해에 존 플로리

오가 번역한 미셸드 몽테뉴의 『수상록』을 들 수 있다. 하스넷의 생생하고 재치 넘치는 어휘목록에서 빌려 온 표현들은 특히 악마에 대한 장황한 묘사와 미친 사람 흉내를 생생하게 연출하는 에드거의 귀신 들린 주문에서 잘 나타난다. 에드거의 분신 창조에 심취해 있는 작가의 모습은 또한 이 극에서 에드거의 역할을 매우 중요하게 여기고 있음을 납득시켜 준다. 몽테뉴에게 이 비극은 더욱더 광범위하게 빚어지고 있는데, 근대 초기에 의문시되지 않았던 많은 가설과 가치들에 대한 과격한 회의주의와 이를 다루는 거침없는 태도를 들 수 있다.

이 극에서 셰익스피어가 극화하고 있는 주제는 놀라울 정도로 대담하다. 왕의 혈통을 물려받은 자신의 선천적 우월성에 근거해서 명령하고 복종받을 권한을 하늘이 내려주었다고 믿는 한 강력한 군주는 왕으로서의 권위를 완전히 박탈당하고 몸을 누일 거처조차 없는 신세로 전락하여 자신의 왕국에서 가장 헐벗고 궁핍한 자들의 자리로 떨어진다. 자기 딸에게조차 무시당한 채, 배은의 분노와 슬픔으로 제정신을 잃고 미친 상태에서 그는 평생 당연히 여겨오며 누렸던 것들과 결별하게 된다. 이제 그는 군주로서 자신의 권위와 권력의 당위성에 의문을 품게 되고, 오랫동안 다스려왔던 사회가 과연 정의로웠는지 의심하게 된다. 그러나 왕과 아버지로서 자신이 책임져야 하는 잘못들에 대한 단순한 깨달음만으로는 그의 죄가 사면되거나 구제될 수 없다. 부과되는 굴욕과 지속되는 괴로움은 위안과 해방감으로 쉽사리 인도하지 않는다. 대신 견디기 어려운 더 많은 고통과 냉혹한 죽음이 기다리고 있을 뿐이다.

비극적인 여정의 시작인 1막 첫 장면에서 리어는 전형적인 전제적인 군주의 모습으로 등장한다. 리어가 가장 아끼는 막내딸 코딜리어가 그의 은밀한 계획을 좌절시키면서 아버지를 가장 사랑한다고 말하기를 거부하며 그가 딸들에게 강요한 허세의 유희에 참여하기를 거부할 때, 자존심과 권위를 손상당한 리어가 폭발적으로 쏟아내는 분노는 어마어마한 파장을 일으킨다. 그녀와의 혈연관계 절연을 선포한 직후, 자신의 말을 듣지 않는 그의 충실한 신하 켄트도 돌이킬 수 없이 추방한다. 광대의 지적처럼 리어의 성급함은 그 자신을 영(0)으로 격하했다. 1막이 끝나기도 전에 막내딸에게 잘못을 저질렀음을 깨닫고, 자신의 어리석음이 초래한 무시무시한 결과들이 구체화되기 시작하자 정신 착란을 최초로 경험한다.

2막은 리어의 기대와 달리 아버지를 대하는 싸늘하고 표독스러운 둘째 딸 리건의 태도가 언니에 버금감을 보여준다. 리건 부부가 자신의 전령의 발에 족쇄를 채움으로써 자신의 권위를 능멸하고, 거너릴과 리건이 합세하여 자신의 수행 기사들을 제거하려는 음모는 그를 돌아버리도록 몰아간다. 한때 그의 말 한마디로 모두를 전율케 하던 강력한 군주는, 이제 폭풍우 속으로 뛰쳐나가, "적대하는 대기와 맞서 싸우며" "늑대와 올빼미와 친구가 되어" "궁핍의 쓰라린 고통"(2막 4장)을 알알이 맛보게 된다.

3막 초반에 격렬하게 표출되는 리어의 분노가 이루어내는 뛰어난 아리아는 기원과 저주의 경이로운 기세를 다시 부각한다. 맨머리로 폭풍우를 대면하고서 자연 요소들을 불러내며, 우주적인 무대를 지배하는 초인간적인 군주의 위상을 가지고 자신의 지시를 따를 것을 명령한다. "너, 모든 것을 뒤흔드는 천둥이여, 이 두터운 둥근 세상을 납작하게 때려눕혀라! 고마움을 모르는 인간을 만들어내는 자연의 틀을 부수고 일격에 모든 씨를 파괴하여라!"(3막 2장).

그러나 바로 다음 대사에서 리어는 스스로를 한낱 "헐벗고, 나약한, 멸시받는 노인"이라고 말한다. 머리가 돌기 시작하고, 살을 에는 추위가 찾아들자, 이제 그는 처음으로 자신이 아닌 광대가 겪는 고통을 걱정하며, 자신보다 먼저 움막에 들어가기를 권한다. 그리고 광대를 뒤따라 들어가기 전에 기도를 올린다. "가련한 벌거벗은 인간들아, 너희가 어디 있든지, 이 무자비한 폭풍우의 맹렬한 공격을 견뎌내고 있는 너희들은 집 없는 너희들의 머리와 굶주린 몸을 구멍 나고 창이 난 누더기로 이렇게 험한 날씨로부터 어떻게 지탱하고 있느냐?"에 이어, 리어는 고백한다. "오, 나는 이것에 대해서 너무도 생각이 적었구나"(3막 4장). 자기중심적이고 변덕스럽던 독재자는 이제 인간들 중에서 가장 경멸받는 자들에게 연민을 느끼고, 자신의 왕국에서 벌어지는 냉혹한 악행을 볼 줄 아는 인간으로 서고 있다.

이것은 리어의 깨달음의 시작에 불과하다. 같은 장 후반부에 벌거벗은 톰을 마주하며 리어는 소리친다. "너야말로 오리지널이구나. 사람의 본모습이란, 너와같이 이렇게도 가련하고, 헐벗은 두 발 달린 짐승에 불과하구나. 벗자, 벗자, 빌려온 것들을!"(3막 4장). 이 장면이 극화하는 의미는 훨씬 심오하다. 화려한 복장의 왕이건 넝마를 걸친 거지이건 폭풍우 속에서는 똑같이 추위에 떠는 "가련하고, 헐벗은 두 발 달린 짐승에 불과하다."

오두막 속으로 광대를 들여보낸 후, 리어가 오두막 앞에서 올리던 기도는 여전히 계층화된 사회, 즉 피지배자들을 더 큰 관용과 연민으로 대하는 사회를 전제로 하고 있다. 그러나 왕인 리어가 군주의 화려한 옷—빌린 것들—을 찢어버릴 때, 그리하여 이 옷 아래 감춰진 "문명이 제공하는 편의에서 배제된 인간"의 모습을 드러낼 때, 이 행동을 통해서 보여주는 것은 군주제와 그에 따른 권력과 재산의 불균등한 분배에는 실제로 자연적인 근거가 전혀 없다는 인식이다. 모든 인간은 인간이라는 동물로서의 신체적 구조를 공유하고, 존재가 필요로 하는 것을 공유하며, 그에 수반하는 취약성과 필멸성을 공유한다. 이러한 사실은 또한 지배자와 피지배자, 배부른 자와 굶주린 자로 분류하는 논리를 반박하며, 인간 세계의 계급 질서를 조롱한다.

4막 6장에서 미친 왕과 눈먼 신하 글로스터의 대화는 3막 6장에서 제기했던 정의의 문제를 다시 꺼낸다. 통치라는 관념에 대해 리어가 느끼는 환멸은 완전하다. 관직이 있는 개한테 복종하는 이 세상에서 존재의 자리를 결정짓는 믿음직한 자리매김의 기준도 구별점도 찾을 수가 없다. "너네들 중 누가 법관이고 누가 도둑이냐? . . . 악당 순경 녀석아, 네놈의 잔혹한 손을 멈추어라! 어째서 네놈은 저 창녀에게 매질을 하느냐? 네놈의 잔등이나 내밀어라. 매질하는 그 죄목의 죄를 지은 장본인이 바로 네놈이니까. 음욕에 불타서 실컷 그녀를 갖고 논 놈은 바로 네 녀석이니까. . . . 누더기 옷들 사이로는 소소한 죄도 다 드러나는데 법복이나 털로 테를 두른 가운들은 죄 다 감춰주지. 죄를 금으로 도금해 보렴, 정의의 강력한 창도 아무도 상처를 못 주고 부러지고 말지. . . 아무도 죄지었다고 기소할 수 없어. 정말이지 아무도"(4막 6장).

아무도 죄짓지 않은 이유는 불평등과 수탈이 제도화되어 있을 때는, 그리고 사회 전체가 본질적으로 잘못되어 있을 때는 모든 사람이 죄를 짓고 있기 때문이다. 이 순간 이 비극은 우리를 다음의 질문 앞에 세운다. "호의호식을 누리는 자들이여, 약을 먹어라"라고 충고하는 왕의 입에서 나오는 자비의 권고는 과연 어떤 의미가 있을까? 그들의 존재 자체가 문제의 원천이 되고 있을 때, 지배하는 자들이 도덕적으로 개선된다고 해서 그것이 해결책이 될 수 있을까? 이 비극은 이제 우리로 하여금, 문제의 원인이 개인의 잘못을 넘어서는 것, 즉 가난한 자를 만들어내고 그들을 강한 자에게 종속시키는 체제 그 자체에 있다는 깨달음으로 인도한다.

마침내 잔인하게 내쳤던 딸 코딜리어 앞에 무릎을 꿇고 용서를 비는 리어는 그녀를 내치던 분노에 찬 폭군과는 매우 다른 종류의 왕이다. "나를 참아줘야겠소. 제발 비노니 잊고 용서해주오. 나는 늙고 어리석은 자요." (4.7.83-84)라고 고백하는 그는 더 이상 자신을 왕이라고 생각하지 않는다. 『레어왕』의 주인공과 달리 리어는 왕관을 되찾는 일이나 다시 통치를 시작하는 일에 아무 관심이 없다. 그 사회에 내재하는 비도덕성에 대한 자신의 책임을 부인할 수 없기 때문이다. 코딜리어와 함께 포로가 되었을 때 그는 그녀와 함께 갇히게 될 감옥을, 궁정에서 벌어지는 권력투쟁에서 해방되어 세상 인간들의 흥망성쇠를 관조하며 '새장 속의 새들처럼 둘이서 노래하며 살아갈' 마지막 안식처로서 받아들인다. 그러나 그는 코딜리어가 죽는 것을 지켜보아야만 하고, 그녀의 주검을 안은 채 자신도 죽음을 맞게 된다.

고통과 통찰과 망각이라는 리어의 이야기는 이 궤적을 따라가며 겹치는 글로스터의 이야기를 통해 강화된다. 첫 장에서 리어의 광기는 은유에 담기나, 그가 지혜를 획득하는 것은 실제로 미치고 나서이다. 이처럼 아들의 참모습에 눈이 멀었던 글로스터 역시 실제로 장님이 되고 나서야 비로소 세상 돌아가는 방식에 대해 실감한다. 리어의 광기가 그런 것처럼, 글로스터는 실명이라는 충격적 체험을 통해 자신의 생각과 가치의 틀을 만든 사회와 문화의 굴레에서 벗어날 수 있게 된다.

리어와 글로스터 외에도 갑작스러운 혼란과 추락의 충격적인 경험을 통해 변화를 경험하는 중요한 인물로 에드거를 들 수 있다. 리어처럼 자신의 정체성을 잃어버린, 경멸받는 인간인 그는 "인간의 궁핍한 상태가 도달할 수 있는 인간 존재를 가장 경멸스럽게 만드는 짐승에 가까운 가장 천박하고, 가장 불쌍한 모습"(2막 3장)으로 변장한다. 불쌍한 톰으로 변장한 그는 리어와 글로스터의 깨달음을 온몸으로 보여주는 존재가 된다. 자신의 아버지와 왕의 불행을 생생히 목격한 그의 동정심 또한 더 넓고 깊어진다. 도버 절벽 장면 이후 글로스터를 인도하는 에드거는 이제 톰이라는 가면을 벗고 자신을 새롭게 소개한다. "운명의 타격에 순종하도록 요구되었던 가장 가엾은 사람, 고통에 대한 앎과 슬픔의 감지 덕분에 연민을 제대로 느낄 감수성을 지니게 된 자올시다"(4막 6장).[2] 켄트 또한 그와 함께 나라를 통치하자는 그의 제안을 물리치고 "모든 것이 음산하고, 어둡고, 절망적인"(5막 3장) 이 세상을 벗어나 경애하는 주군의 마지막 여정을 동행하겠다고 말한다.

이 비극은 단순히 왕의 운명만을 다루는 것이 아니라, 글로스터, 에드거, 켄트 같은 인물들의 운명 역시 같은 궤적을 따르게 함으로써 더 커다란 목적이 있음을 분명히 한다. 결국 리어, 코딜리어, 글로스터, 거너릴, 리건, 에드먼드, 콘월도 죽는다. 광대 역시 죽었을 테고, 머지않아 켄트도 죽을 것이다. 마치 하나의 체제 전체가 제거되고 파괴되는 것과 다를 바 없다. 1608년 사절판 표지에 기록된 것처럼, 이 극은 1606년 크리스마스 축제 기간 성 스티븐 축일 밤(박싱데이로 불리는 12월 26일 크리스마스 선물의 날)에 화이트홀에서 국왕 폐하를 모시고 공연되었다고 전해진다. 제임스 왕과 신하들은 이 공연을 어떻게 생각했을까? 왕의 의복을 그저 "빌린 것"이라고 경멸하며 찢어 벗어버리려는 왕이 나오고, 영화를 누리는 자들에게 약을 먹고 치료받기를 요구하며, 극도의 고통 속에서 왕이 죽음을 맞도록 만드는

---

2. 이러한 인간이야말로 나라를 통치하도록 '마지막으로 남겨지는 자'(last remnant)의 모습인지 모른다. 이 극의 마지막 대사는 에드거에게 돌려지고 있다.

이 극에는 어쩌면 극작가를 위험에 빠뜨릴 전복적인 힘이 분명히 내재한다.

이 비극은 오늘날의 관객조차 불편하고 당황스럽게 만드는 힘을 여전히 보여준다. 21세기에 절대 군주의 존재는 거의 사라졌으나, 폭압적인 지배자와 전제적인 국가는 여전히 남아 있다. 사회적 불화와 경제적 불평등은 더욱 심각하며, 셰익스피어의 상상조차 뛰어넘는 굶주림과 가난이 계속된다. 거지와의 동질성을 고백하는 왕의 비극은 그 어느 때보다 오늘날의 우리에게 해줄 말이 많다. 또한, 젊은 세대에게 자신의 자리를 내어주고 자신의 정체성을 상실한 채 거처 없이 거리를 떠도는 늙고 어리석고 연약한 아버지의 이야기는 고령화 시대로 접어든 이 시대의 신화이기도 하다. 광대의 모호한 예언처럼, 이 이야기는 이 극의 배경이 되는 과거와 이 극이 공연되는 현재를 넘어서서 미래를 비춘다. 단순히 근대 초기 사회의 토대에 대한 문제 제기만이 아니라, 고대 브리튼을 가장해 그 사회 자체의 소멸에 대한 예견까지 자유롭게 펼치는 이 비극의 예언이 21세기 세계의 운명과 관련해 얼마만큼 사실로 판명될지는 두고 보아야 할 일이다. 분명한 사실은 『리어왕』이라는 이 신화는 미래와 과거 사이의 대화를 통해 끊임없이 현재에 대해 생생하고 새로운 시각을 드러내면서 우리보다 한 걸음 앞서가고 있으리라는 점이다.

셰익스피어 생애 및 작품 연보

셰익스피어의 생애와 작품의 집필연대 중 일부는 비교적 정확히 기록되어 있는 자료에 의존할 수 있지만, 대부분은 막연한 자료와 기록의 부족으로 그 시기를 추정할 수밖에 없으며, 특히 작품 연보의 경우 학자들에 따라 순서나 시기에 차이가 있음을 밝힌다.

1564	잉글랜드 중부 소읍 스트랫포드 어폰 에이번Stratford-upon-Avon 출생(4월 23일). 가죽 가공과 장갑 제조업 등 상공업에 종사하면서 마을 유지가 되어 1568년에는 읍장에 해당하는 직high bailiff을 지낸 경력이 있는 존 셰익스피어와, 인근 마을의 부농 출신으로 어느 정도 재산을 상속받은 메리 아든Mary Arden 사이에서 셋째로 출생. 유복한 가정의 아들로 유년시절을 보냄.
1571	마을의 문법학교Grammar School에 입학했을 것으로 추정.
1578	문법학교를 졸업했을 것으로 추정. 졸업 무렵 부친 존은 세금도 내지 못하고 집을 담보로 40파운드 빚을 냄.
1579	부친 존이 아내가 상속받은 소유지와 집을 팔 정도로 가세가 갑자기 어려워짐.
1582	18세에 부농 집안의 딸로 8년 연상인 26세의 앤 해서웨이Anne Hathaway와 결혼(11월 27일 결혼 허가 기록).
1583	결혼 후 6개월 만에 맏딸 수잔나Susanna 탄생(5월 26일 세례 기록).
1585	아들 햄넷Hamnet과 딸 쥬디스Judith(이란성 쌍둥이) 탄생(2월 2일 세례 기록).

1585~1592	'행방불명 기간'lost years으로 알려진 8년간의 행방에 관한 자료가 거의 없음. 학교 선생, 변호사, 군인, 혹은 선원이 되었을 것으로 다양하게 추측. 대체로 쌍둥이 출생 이후 어떤 시점(1587년)에 식구들을 두고 런던으로 상경하여 극단에 참여, 지방과 런던에서 배우이자 극작가로서 경험을 쌓았을 것으로 추측.
1590~1594	1기(습작기): 주로 사극과 희극 집필.
1590~1591	초기 희극 『베로나의 두 신사』(The Two Gentlemen of Verona) 『말괄량이 길들이기』(The Taming of the Shrew)
1591	『헨리 6세 2부』(Henry VI, Part II)(공저 가능성) 『헨리 6세 3부』(Henry VI, Part III)(공저 가능성)
1592	『헨리 6세 1부』(Henry VI, Part I)(토머스 내쉬Thomas Nashe와 공저 추정) 『타이터스 앤드러니커스』(Titus Andronicus)(조지 필George Peele과 공동 집필/개작 추정)
1592~1593	『리처드 3세』(Richard III)
1592~1594	봄까지 흑사병 때문에 런던의 극장들이 폐쇄됨.
1593	「비너스와 아도니스」(Venus and Adonis)(시집)
1594	「루크리스의 강간」(The Rape of Lucrece)(시집) 두 시집 모두 자신이 직접 인쇄 작업을 담당했던 것으로 추정되며, 사우샘프턴 백작The third Earl of Southampton에게 헌사하는 형식. 챔벌린 극단Lord Chamberlain's Men의 배우 및 극작가, 주주로 활동.
1593~1603 및 이후	『소네트』(Sonnets)
1594	『실수연발의 희극』(The Comedy of Errors)

1594~1595	『사랑의 헛수고』(*Love's Labour's Lost*)
1595~1600	2기(성장기): 낭만희극, 희극, 사극, 로마극 등 다양한 장르 집필.
1595~1596	『로미오와 줄리엣』(*Romeo and Juliet*)
	『리처드 2세』(*Richard II*)
	『한여름 밤의 꿈』(*A Midsummer Night's Dream*)
	『존 왕』(*King John*)
1596	아들 햄넷 사망(11세, 8월 11일 매장).
	부친의 가족 문장 사용 신청을 주도하여 허락됨(10월 20일).
1596~1597	『베니스의 상인』(*The Merchant of Venice*)
	『헨리 4세 1부』(*Henry IV, Part I*)
	스트랫포드에 뉴 플레이스 저택Great House of New Place 구입(마을에서 두 번째로 큰 저택으로 런던 생활 후 은퇴해서 죽을 때까지 그곳에 기거).
1598	벤 존슨Ben Jonson의 희곡 무대에 출연.
1598~1599	『헨리 4세 2부』(*Henry IV, Part II*)
	『헛소동』(*Much Ado About Nothing*)
	『헨리 5세』(*Henry V*)
1599	시어터 극장The Theatre에서 공연하던 셰익스피어의 극단이 땅주인의 임대계약 연장을 거부하자 '극장'을 분해하여 템즈강 남쪽 뱅크사이드 구역으로 옮겨 글로브 극장The Globe을 짓고 이곳에서 공연. 지분을 투자하여 극장 공동 경영자가 됨.
1599~1600	『줄리어스 시저』(*Julius Caesar*)
	『좋으실 대로』(*As You Like It*)

1601~1608	3기(원숙기): 주로 4대 비극작품이 집필, 공연된 인생의 절정기
1600~1601	『햄릿』(*Hamlet*)
	『윈저의 즐거운 아낙네들』(*The Merry Wives of Windsor*)
	『십이야』(*Twelfth Night*)
1601	「불사조와 거북」(*The Phoenix and the Turtle*)(시집)
	아버지 존 사망(9월 8일 장례).
1601~1602	『트로일러스와 크레시다』(*Troilus and Cressida*)
1603	엘리자베스 여왕 사망(3월 24일). 추밀원이 스코틀랜드의 제임스 6세를 잉글랜드의 제임스 1세로 선포.
	제임스 1세 런던 도착(5월 7일) 후 셰익스피어 극단 명칭이 챔벌린 경의 극단에서 국왕의 후원을 받는 국왕 극단King's Men으로 격상되는 영예(5월 19일).
	제임스 1세 즉위(7월 25일).
1603~1604	『자에는 자로』(*Measure for Measure*)
	『오셀로』(*Othello*)
1605	『끝이 좋으면 다 좋다』(*All's Well That Ends Well*)
	『아테네의 타이먼』(*Timon of Athens*)(토머스 미들턴Thomas Middleton과 공동작업)
1605~1606	『리어 왕』(*King Lear*)
1606	『맥베스』(*Macbeth*)
	『안토니와 클레오파트라』(*Antony and Cleopatra*)
1607	딸 수잔나, 성공적인 내과의사인 존 홀John Hall과 결혼(6월 5일).
1607~1608	『페리클레스』(*Pericles*)(조지 윌킨스George Wilkins와 공동작업)
	『코리올레이너스』(*Coriolanus*)

1608~1613	제4기: 일련의 희비극 집필.
1608	셰익스피어 극장이 실내 극장인 블랙프라이어어스Blackfriars 극장을 동료배우들과 함께 합자하여 임대함(8월 9일).
	어머니 메리 사망(9월 9일 장례).
1609	셰익스피어 극장이 블랙프라이어스 극장 흡수, 글로브 극장과 함께 두 개의 극장 소유.
1609~1610	『심벨린』(*Cymbeline*)
1610~1611	『겨울 이야기』(*The Winter's Tale*)
	『태풍』(*The Tempest*)
1611	고향 스트랫포드로 돌아가 은퇴 추정.
1613	『헨리 8세』(*Henry VIII*)(존 플레처John Fletcher와 공동작업설)
	『헨리 8세』 공연 도중 글로브 극장 화재로 전소됨(6월 29일).
1613~1614	『두 사촌 귀족』(*The Two Noble Kinsmen*)(존 플레처와 공동작업)
1614~1616	말년: 주로 고향 스트랫포드의 뉴 플레이스 저택에서 행복하고 평온한 삶 영위.
1616	둘째 딸 쥬디스, 포도주 상인 토마스 퀴니Thomas Quiney와 결혼(2월 10일).
	쥬디스의 상속분을 퀴니가 장악하지 않도록 유언장 수정(3월 25일).
	스트랫포드에서 사망(4월 23일. 성 삼위일체 교회 내에 안장).
1623	『페리클레스』를 제외한 36편의 극작품들이 글로브 극장 시절 동료 배우 존 헤밍John Heminge과 헨리 콘델Henry Condell이 편집한 전집 초판인 제1이절판으로 출판됨.
	아내 앤 해서웨이 사망(8월 6일).

옮긴이 **김한**
현재 동국대학교 문과대학 영어영문학부 명예교수. Folger Shakespeare Library(미국 Washington D.C. 소재) 연구교수. 한국셰익스피어학회 교육위원 및 연구이사. 한국고전중세르네상스학회 연구이사. 이화여대 영문과, 동 대학원 영문과 졸업. International Peace Scholarship Student(미국 P.E.O.)로 미국 University of La Verne 대학원 영문과 졸업. 영국 Cambridge University 영문과 초빙교수 역임. London University, King's College 영문과 객원교수 역임. 가톨릭대학교 전임강사, 동국대학교 문과대학 영어영문학부 교수 역임.

저서 『귀로 듣는 셰익스피어 이야기』, 『그럼에도 불구하고: 셰익스피어의 인간과 세상 이야기』, *Eugene O'Neil as a Tragedian*, *T. S. Eliot's The Murder in the Cathedral with Introduction and Notes*

공저 『영화 속 문학이야기』, 『영미극작가론』, 『셰익스피어 작품해설 II』, 『영국 르네상스 드라마의 세계 II』, 『그리스 로마극의 세계 I』, 『T. S. Eliot의 시극』 외 다수

역서 『셰익스피어 비평연구』(공역), 『리어왕』 번역 주석, T. S. 엘리엇의 『대성당의 살인』[최종판 한글 초역: 현대극단 대본(1977); 도서출판 동인 현대영미드라마학회 영한대역 32권 (2007. 10.)], 『샬롯테의 거미줄』[한글 초역: 국민서관 현대세계명작 동화(1981. 2.); 거북선문고 4권], 캘더콧 수상작을 포함한 다수의 현대 세계 명작 그림 동화의 한글 초역(『소년조선』 연재)

창작동화 『새로 쓴 개미와 베짱이』(『문학사상』 발표)

논문 "Neither Villain nor Hero: Macbeth as Everyman", 「셰익스피어 극에 있어서의 청각기능」, 「*King Lear* Scandal론의 극복」, 「*Hamlet*을 통해 본 Shakespeare의 인간 이해」, 「*Antony and Cleopatra* 다시 읽기」, 「Shakespeare의 말기극(last plays)을 통해 본 Shakespeare의 구원관」, "Two Great Traditions: The Understanding of Man as a Background for English Literature", 「호메로스(Homeros)의 시 세계 고찰: 일리아스(*Ilias*) 읽기를 중심으로」, 「비극으로서의 『욥기』 다시 읽기: 욥의 고난과 신의 자유를 중심으로」, 「인간성 회복을 위한 전략으로서의 디지털 시대의 신화와 드라마 읽기」, 「호메로스 신들, 제우스, 모이라이(운명)와 성서의 하나님」, 「말과 소리 저 너머: 『대성당의 살인』의 언어 고찰」, "'Play's the Thing": 공연예술로서의 고전 르네상스드라마」, 「중세극 고찰: 유형 · 상연 양식 · 비평을 중심으로」, 「한국에서의 셰익스피어 연구조사 I, II」(윤정은, 홍기창, 전재근과 공동 연구: 학술진흥원 지원프로젝트) 외 다수

강연 "On Teaching Shakespeare: Openings and Endings"(Shakespeare 서거 400주년 기념 국제 학술대회 특별 강연. 아주대학교, 한국셰익스피어학회 주최) "인간이란 무엇인가? Shakespeare의 인간학"(Shakespeare 탄생 450주년 기념 시민인문 강좌. 명동예술극장 주관. 한국연구재단, 교육부 후원) "Beyond Words: Open Endings in Shakespeare's Last Plays"(Annual Conference. Dept. of English, Cambridge University. Faculties of English Building) 외 18회

공연 동국대 영어연극 지도교수로서 31년간 원어 공연 *As you like it*, *The Winter's Tale*, *Measure for Measure* 외 다수의 셰익스피어 극과 소포클레스의 *King Oedipus*, *Antigone* 등 고전극, 대표적인 아일랜드 작가 J. M. 싱의 *Riders to the sea*, *The Playboy of the Western World*, 오스카 와일드의 *Importance of Being Earnest*의 한국 초연

리어왕

수정판 1쇄 발행일 2023년 5월 15일

옮긴이 김한
발행인 이성모
발행처 도서출판 동인
주 소 서울시 종로구 혜화로3길 5 118호
등 록 제1-1599호
TEL   (02) 765-7145 / **FAX** (02) 765-7165
E-mail donginpub@naver.com
ISBN   978-89-5506-718-7
정 가 12,000원

※ 잘못 만들어진 책은 바꿔 드립니다.